*My Life and My Life in the Nineties*

# 诗意人生

[美]琳恩 · 荷吉妮安 著
代奎华 译

山东大学出版社

**图书在版编目(CIP)数据**

诗意人生 / (美)琳恩·荷吉妮安著；代奎华译.
—济南：山东大学出版社，2020.1
ISBN 978-7-5607-6613-3

Ⅰ.①诗… Ⅱ.①琳… ②代… Ⅲ.①散文诗—诗集
—美国—现代 Ⅳ.①I712.25

中国版本图书馆 CIP 数据核字(2020)第 045739 号



策划编辑：王　潇
责任编辑：傅　侃
封面设计：牛　钧

出版发行　山东大学出版社
社　　址　山东省济南市山大南路 20 号
邮　　编：250100
电　　话：市场部(0531)88363008
经　　销：新华书店
印　　刷：济南华林彩印有限公司
规　　格：720 毫米×1000 毫米　1/16
　　　　　10.25 印张　125千字
版　　次：2020 年 1 月第 1 版
印　　次：2020 年 1 月第 1 次印刷
定　　价：45.00 元

# 中译本序

文学翻译是最难干的一件事。

难，是因为文学是有情感的东西。译者很难透彻地揣摩作者的情感。

难，还因为即便译者基本摸准作家的情感也难以用另一种语言完美地表达出来。作家的喜怒哀乐很难用另一种语言展示出来。

难，是因为每个作者都有他自己的风格。译者若能把作者风格也再现出来那才是最佳翻译。原文若带有浪漫主义色彩，译文就不能变成现实主义的。反之亦然。但译者也有点权力，也可以在忠实原作的基础上适当展示自己的风格。译者风格不可肆意发挥，最佳状态是接近原作风格，这样才能对得起作者。译者风格离作者风格之远近会带来不同的效果。以一首四行短诗为例（作者和译者名字略）。

Dusk

As dusk sets the sun down

a dazzling sword

hastening a sea bird

calls the Luna out.

一位加拿大华裔诗人在黄昏时看见日落西山，眺望余晖如剑射向天空，她认为是在催促海鸟去邀明月。远处，天上明月初挂。

这首短诗画面感极强，几十个译者对之进行翻译并不断重译。我发现，译者出发点各异，教育背景和文化背景不同，译文风格多样，各有千秋。请看如下所选译文（题目均为《黄昏》，译者姓名隐去）：

译文 1：

暮色栖金乌，//剑光刺天幕。//海鸟掠空去，//水月凌波出。

译文 2：

黄昏落照，//剑光眩目。//海鸟疾到，//月亮唤出。

译文 3：

夕照余晖耀剑寒，//海鸟掠空呼月出。

译文 4：

暮色放下太阳的当口//明晃晃//一把逐鸟剑//召唤月光女神

译文 5：

暮色斜阳剑光耀，//沙鸥惊跃催月辉。

译文 6：

向晚日西落，//剑光何咄咄。//海鸟疾飞去，// 呼出银月娥。

不难看出，不同译文产生的效果是不一样的。译者们充分调动自己的艺术想象，诗行、韵律、措辞都各有特色，音乐效果与意象创造手法不一，赋予了这首诗歌不一样的生命。

之所以用这首短诗的翻译作引子，是因为今天向大家推荐的作品本身诗意浓烈。作者琳恩·荷吉妮安是美国后现代著名散文家、诗人、批评家。她的自传性作品 My Life and My Life in the Nineties 是一部后现代诗歌集。以下出自诗集开篇：

*A pause, a rose, something on paper*

A moment yellow, just as four years later, when my father returned home from the war, the moment of greeting him, as he stood at the bottom of the stairs, younger, thinner than when he had left, was purple—though moments are no longer so colored. Somewhere, in the background, rooms share a pattern of small roses. Pretty is as pretty does.

如果按传统诗歌那样分行，或许也还容易理解。但称这样的排版为诗，这也太后现代了。这很像中国的散文诗：是诗，却不分行，也不分节。句式与意义的展示方式也与传统诗歌大相径庭。其实，她的这部诗集称之为 prose poem。也有人把她这部诗集叫“novel”。

对这部著作进行汉译，介绍给中国读者，无疑是一件功德无量的事。

毕业于山东大学现就职于山东农业大学外国语学院的译者代奎华和山东大学出版社邀我作序。实不敢当。但因我对山东有着特殊的感情，就怀着浓厚兴趣阅读了这位山东高校教师的译作。我曾被吴富恒、陆凡教授接见，曾听黄嘉德、张健教授讲座，曾跟李乃坤、郭继德、王誉公几位教授学习硕士课程学分课，很难忘，如今在山东高校又有了一位好友，甚幸。

代奎华常年教授英美文学，对英美浪漫派、现代派以及后现代诗歌更是喜爱有加，有自己独特的见解。曾面向全校开设《英语诗歌赏析》课程，深受学生欢迎。近年来，她开始尝试把文学和翻译结合起来，曾在2008年出版过一本有关西方文学翻译理论的专著，是一个与诗歌和翻译结缘很深的青年学者。

从她对标题的翻译也可以感受其诗情画意、韵律节奏和文体风采。例如开篇题目是A pause，a rose，something on paper，被译为“一次停顿，一朵玫瑰，还有笔端之事”。译文忠实，节奏明朗，语言优美。再如It seemed that we hardly begun and we were already there，译文是“似乎我们还未启程，却已到达终点”，很好地表达了英文含义并且很凝练。有的标题虽无生词但很难译，例如What is the meaning hung from that depend，译者根据对正文的把握，将标题译为“意义因人因事而异”。译者在告诉读者，有时字面忠实不等于意义忠实。

其实，代奎华翻译的正文也是那么有诗意，有节奏。我想读者会与我一样，透过其译文感受到了作者的存在：

**一次停顿，一朵玫瑰，还有笔端之事**

四年后，我的爸爸从战火中归来，我向他打招呼的时候，他就站在楼梯底下，比走的时候更年轻也更消瘦了，那一刻，我的世界好像染成了明亮而灿烂的黄色，不再是四年前那种沉甸甸阴暗的紫色了——虽然之后的许多瞬间也不再如此色彩斑斓。房间暗处是一朵朵娇小的玫瑰。行为美才是真的美，干得漂亮才是真的漂亮。

读者读这一段文字，应能感到文字间的节奏。我们试试将这段文字分行排列：

**一次停顿，一朵玫瑰，还有笔端之事**

四年后，我的爸爸从战火中归来，

我向他打招呼的时候，

他就站在楼梯底下，

比走的时候更年轻也更消瘦了，

那一刻，

我的世界好像染成了明亮而灿烂的黄色，

不再是四年前那种沉甸甸阴暗的紫色了——

虽然之后的许多瞬间也不再如此色彩斑斓。

房间暗处是一朵朵娇小的玫瑰。

行为美才是真的美，

干得漂亮才是真的漂亮。

一个优秀的译者就应通过自己的文字和传译让读者发现作者的在场，发现作者的情感，发现作者的形象。我想代奎华做到了。

请读者朋友自己仔细品读吧。《诗意人生》，诗意十足。愿这诗、这意，带给我们对生活的惬意，对事业的满足，充满欢乐地奔向远方。

李正栓

于河北师范大学

2019 年 8 月

# 致　谢

1980 年，Burning Deck 出版社出版了《我的生活》。首版由 37 个部分构成[1]。1987 年再版时，本书已扩展为 45 个部分[2]，由 Sun & Moon 出版社和 Green Integer 出版社出版。本人在此谨对 Burning Deck 出版社的罗斯玛丽和基思・沃德罗普对这本书的首次面世所提供的帮助和支持，以及他们多年以来对本人的深厚友谊表示最诚挚的感谢！同时也非常感谢道格拉斯・梅塞利[3]对这本书的支持！道格拉斯・梅塞利致力于推介创新写作，他在这方面发挥了极其重要的作用。

2003 年，专为 Shark Books 而写的《我九十年代的生活》出版。这本书见证着本人与艾米莉・克拉克和利特尔・肖两人之间不断发展的友情。

① 诗人 37 岁开始创作本书。——译者注。

② 时年作者 45 岁。——译者注。

③ Sun & Moon 出版社和 Green Integer 出版社的创建者。——译者注。

# 目　录


**第一部分　我的生活** /1

一　一次停顿，一朵玫瑰，还有笔端之事 /3

二　对于我们这些独爱“找刺激”的人来说 /5

三　似乎我们还未启程，却已到达终点 /7

四　一只饰有彩带的小马驹，或一个饰有彩带的名字 /9

五　意义因人因事而异 /11

六　最明显的相似与音乐有关 /14

七　像那海岸边羽翼丰满的小鸟 /16

八　汹涌蔓延的情感，只是开端 /18

九　所谓记忆，并非让人牵肠挂肚 /21

十　我们和自己的真实所感渐行渐远 /24

十一　你很难从流水中全身而退 /27

十二　我在他书里的每一页写下自己的名字 /30

十三　信仰好似一声模糊的牛鸣 /32

十四　所有摄影师都会告诉你同样的事 /34

十五 彼时，永恒的拉丁式爱情让一切封存 / 36
十六 她露出了左侧脸庞，好看的那面 / 38
十七 那只是个巧合 / 40
十八 一个人的旅行，可能“迎头撞上”一场风暴 / 42
十九 这种替代改变了幻想，而这就是最好的安排 / 44
二十 喝咖啡的人欣喜地回应道 / 46
二十一 我们不会忘记狂人所表现出的耐心
——他们对细节的钟爱 / 48
二十二 论证总是从两个方面展开 / 50
二十三 要坐下的地方有沙土，我从不会把它们拂去 / 52
二十四 小狗做不到，当然了，鹦鹉也做不到 / 54
二十五 对我们来说最大的刺激莫过于成为那个讲述者 / 56
二十六 辛勤耕作方能吃饱喝足 / 58
二十七 时光荏苒，却从不乏趣事 / 60
二十八 正直，神秘，又值得人尊敬 / 62
二十九 我们仍坚信生活满含快乐的种子 / 64
三十 宁静生活下的暗潮 / 66
三十一 我大声地笑，恰如我的罐子干净得放光 / 68
三十二 在此生长的西红柿咸咸的，带着泥土的芳香，鲜美诱人 / 70
三十三 天空总是变幻无穷 / 72
三十四 以学生生涯开始，却和云成了朋友 / 74
三十五 在雪中小跑时只有一只鞋进了很多雪 / 76
三十六 如果窗外一无所有，请去书中寻找万般美好 / 78

三十七 如果放弃奔跑，你将一无所有 / 80
三十八 这就是知识的韵律 / 82
三十九 永恒存在于起点 / 85
四十 我哀悼的语素活动 / 88
四十一 天空是目光短浅者的领域 / 91
四十二 在人生半途中的发现 / 94
四十三 世界赋予言语的，不止物质还有思想（里程碑）/ 96
四十四 一个守护硕果和风琴之地的词汇 / 99
四十五 诗歌中的利他主义 / 102

**第二部分 我九十年代的生活** / 105

一 我从来没见过什么典型的东西 / 107
二 场景需要语言的辅助 / 111
三 我们想起这些，极圈 / 115
四 在这其中，是约束的时刻 / 119
五 意图为探究提供一片天地，即兴创作赋予探究以方法 / 123
六 我可以数到零 / 126
七 这是快乐的隐患 / 130
八 重要的事物出现了，我把它藏在了文章里 / 133
九 意义偶然地赋予句子以理性 / 137
十 现在距离故事的开头已经很远了，作为一个钟情于开头的作家，我又开始了 / 141

**译后记** / 144

# 第一部分　我的生活

*My Life*

# 一　一次停顿，一朵玫瑰，还有笔端之事

四年后，我的爸爸从战火中归来。我向他打招呼的时候，他就站在楼梯底下，比走的时候更年轻也更消瘦了。那一刻，我的世界好像被染成了明亮而灿烂的黄色，不再是四年前那种沉甸甸的、阴暗的紫色——虽然之后的许多瞬间也不再如此色彩斑斓。房间暗处有一朵朵娇小的玫瑰。行为美才是真的美，干得漂亮才是真的漂亮。在某些家庭中，“必然”和“前必然”在本质上是一样的。更美好的东西都汇聚在笔尖。白色的薄纱窗帘遮住了窗子，不留一点空隙。这些都是无关紧要之事，是从不会介入我的生活而对我有什么影响的刻板的东西。因此，一次次的重复，毫无任何野心可言。她说，红杉树的影子看起来很压抑。绒毛一点点消磨殆尽。散步时她走进别人家的花园，从天竺葵和一些多肉植物上掐下来一些插枝。窗户上时不时地反射着夕阳西下的影像。一团团云朵倒映在一个小水坑上。要是能碰到甚至抓住那些巨大的灰色生灵该多好啊！我害怕伯父鼻子上的那块大肉赘，还有他那些拿我们寻开心而我却搞不懂的鬼把戏。我的婶婶，耳聋，我为此而感到害羞。早些年，她有一高兴就点头的毛病。软软的、暖暖的羊毛车站。注视着那一道闪电，静等着那一声雷鸣。正如所发生的那样，一切大错特错。时间在每一个想法、每一件物品、每一个人、每一只宠物、每一辆车子甚至每一件事情后面都会留下一道长长的痕迹。下午发生的事，如此拥挤不堪，无休无止。

愈加密集了，她想。然后，她下意识地一阵抽搐，她的老毛病又犯了，她不停地点头，好像我的塑料玩具小鸟顺着玻璃杯沿啄食的样子：鸟喙一会儿浸在水里，一会儿又缩回来。一个字、一个词就像是一个深不可测的无底洞。它魔法一般地孕育着什么，突然有一天爆裂开来，蹦出来一个足球大小的石蛋。五月，蜥蜴从石头底下爬出来了，石头由青绿色变成了灰白色。日影渐移，远处的我们兴高采烈。热浪在我们的肚子上翻滚，就像春雨倾泻在果园的斜坡上，又像橡皮汽车上的橡皮保险杠。抵抗睡觉的方法就是睡觉。在每个国家，如果用一个词去试图描写一只猫的叫声，就如用云彩去描绘空中的喧嚣般，简直是不可能的。但是，这种持续不停的声音并不预示着音乐要来了。让·科克托说："一切的事情都是睡觉的问题。"但他忘记了，鲨鱼并不睡觉。焦虑不安，就是一种警戒的信号。或许在一开始，甚至在人们能说话前，就已经习惯性地感到不安了，而这种不安会让事件和经验之间产生一种并不连贯的界限。找一个没有填满的抽屉。睡眠让我们把工作投入黑暗。球掉进了桃金娘花丛中。我待在房间里，这里充满了怀旧的气息，那是我恣意放纵的童年时光。他们坐在柳条椅上，椅子腿陷进地面，高低不一，每个人不得不稍稍歪着身子以保持平衡。奶牛温暖了它们自己的牛棚。我飞快地看了它们一眼，产生了一种它们正在移动的错觉。写在纸上的"口述历史"。那个清晨，这个清晨。我说它是关于心灵的，不是随随便便的。弦外之音是这个房间更为浓厚的阴影，其特点就是习惯性地准备，精神抖擞地等待，反复不断地参与。当我一开始写这段话的时候，我就想以此开始："我童年中的大部分时光都是在等待中度过的。"

## 二　对于我们这些独爱“找刺激”的人来说

你拿起勺子时，糖浆洒了出来。我父亲装满了一药罐的“海玻璃”——他是这样叫的——就是些废旧玻璃瓶的碎片，经海水打磨后变得圆滑而有质感，沙滩上有很多。没有孤单。它专注于真实。好像一个人在水中溅起水花，淹没了自己的泪水。我母亲爬上了垃圾箱，踩了踩那些堆在一起的垃圾，但是垃圾箱失去了平衡，母亲掉了下来，胳膊也受伤了。她耸了耸肩。家里面钱不多，食物倒不少。马戏团里只有大象比我想象的任何东西都大。哥伦布的鸡蛋、风景、语法。她想要一个这样的运动场：泥土地，绿草萋萋，还有一棵树遮阴，树上悬挂着一个当作秋千的橡胶轮胎，她一找到那地方就会告诉我。这些生灵都被围拢在一处，不管它们做什么，都不会让我们感到惊奇。我不介意，以后也不会介意“关心”这个词将会在哪里使用得日益广泛。那架小型飞机的飞行员忘记通知飞机场他要在此着陆了，以至于晚上飞机指示灯闪烁的时候，对空雷达没有响。海岸边整个城市一片漆黑。他喝了一杯水，灯光愈加昏暗了。妈妈站在窗前，看着那唯一可见的一点灯光还在夜幕降临的城市上空闪烁、盘旋，飞行员依旧在寻找着那个不知道在哪的飞机场。遗憾的是，时间一分一秒地过去了，他还是没有找到。无论是大口喘气还是屏住呼吸，本质都是一样的，从仿佛被晒得黝黑的山丘底下的隧道驶过，感觉穿过一个又一个太阳。她带着孩子去晒了 60 秒钟的太阳，孩子戴着一顶蓝色的棉质太阳帽，身上一丝不挂。晚上，我祖母就会拉下百叶窗，把窗外的景象遮挡得严严实实，那层薄纱像浆过一样直挺挺地挂在那儿。我坐在窗沿上，哼着轻快小调——《叮当咚》。外面有一个上了年纪的魔术师，他需要一盘冰，好表演如何把冰块吹成一团雾气。他破坏了无线电的静默。为什么当一个人觉得占星术有趣时，他就很有可能去了解天文学呢？一个人在普利茅斯会经过什么景象？风砰地把门关上了。所有这些和我的朋友们几乎是无法言说的。速度和声音近乎真实。我们看到一个图形或者一艘白色的小船泊在距山丘不远的海湾上，看起来一动不动。头一次来到一个国家不用说另一种语言。为了跟上思想的步伐，或者那个特别的推理思路，满是惊奇和意想不到的关联，不知怎的像是感觉在度假。仍然，你还得纳闷他们都到哪里去了，既然你说你还会再来。蓝月亮总是颜色黯淡；好事也是千载难逢。海滨栈道上的一切都指向天空。这并不稀奇，年年岁岁都相同，但对现在来说有点早。早在 14 世纪，有一个德国金匠用布包住一小块金属，人类社会的第一粒纽扣就这样诞生了。这样的事很难像政治事件一样被人知晓，因为这好像是一个人的事，但是，历史上没有孤立的事物——某些人就可以造就历史。你们用手在空白区域指点一下，就会使纪念碑倒塌。绿草冒芽的时候，仍然有些东西令人惊奇。蓝狐垂下了头，有一种和谐的善意的前韵。我的宝贝此刻正在哪里奔跑？你可不能只在小羊羔背上磨磨蹭蹭。当你能召唤起所有的自然生灵，你才能决定自然的进程。

# 三　似乎我们还未启程，却已到达终点

我们看见的只有树叶和树枝，它们好像把房子包围起来了。那些温和的游戏颇令人享受。我不过才三四岁，但发起火来的时候我会屏住呼吸直到憋得失去意识，不是因为愤怒而是因为倔强。树影渐深。每个家庭都有自己的故事，但不是每个家庭都有可以讲述这些故事的人。一个旧农舍的小工作室里，充满了热情和乐观，像音乐一样萦绕在左右。悄悄地飞来一只鸟。没有任何暗示：仅此一次，自己绕着屋子飞了几圈。楼下的电话在一个像小黑屋一样黑暗的小房间里。在充满了变化与过渡的电影院里，即时发生的事和突如其来的事是有区别的。一个人不用借助着什么就能发挥他的作用，正如大海缺了我一样还是大海一般。这是最典型的使命了。妈妈站在中间，拉住我们的手，带我们涉过一片灰蓝色的水域，告诉我们关于回流的事情，她这样做的结果与其说是在警告我们避开真正的危险，倒不如说更让我们感受到接近水域时的兴奋和激动了！浪头打过来的时候，我们试图跳过去，她却一直紧紧地握着我们的手。雨丝斜斜地落下，形成一道弧线；雨下得更多更频繁了。一年四季一循环。树杈上放着一面镜子，就像外面的一个洞。我本能一直坐在汽车里看着路过的风景，想想关于梦中的场景，如此安详宁静。波涛翻滚的海岸。薄雾中初升的太阳。花朵的嫩芽整齐地排列着。刺槐树的树根顶起了小木屋的一角。我们越来越不安，又增加了新的不安。我早就这么说过吧，你们知道情况不算太糟，你们不得不做的是让情况变得更好一点儿。他去参战了。一个失去了宠物的生活不是一种自由的生活。这变得越来越流行，最后我们都陷入了模仿之中。我的老姑姑常撒谎来逗我们开心，那是在她少女时代发生的一件事，一场从未发生过的海难。但她无可指责，因为讲着讲着，连她自己都相信了这个谎言。灵感之水里泛起的一串串泡泡。因为一次次的发生，原来那些仅仅关于环境状况的细节现在成了主题。就好像天空加上太阳一定要共同孕育树叶。花园里瓜叶菊花蕊飘香，一棵金鱼草独立其中，掐一掐倒挂金钟的蓓蕾，它便绽放开来。是不是有点任性？有这个意向。由于靠山，产出的小牛犊比较强壮。翻开几块小石头，露出来的是变干的泥浆。我们想云母应该是金色的。一次停顿，一朵玫瑰，还有笔端之事都是大自然的一幅幅剪贴画。时光荏苒，过去总是被遗忘。但对我来说，那些虚幻的快乐，那些我重新想过的时光和事物都是切切实实存在的。屋子里混合着室内浓烈的味道和室外空气的味道——那弥漫着玫瑰花、山茶花、绣球花和杜鹃花香气的室外空气。一时很难分辨出来到底是饿了还是只是想吃东西。我的祖母在厨房里，穿着她所谓的“洗碗裙”，手放在屁股上，注视着一群蚂蚁从洗碗池上的水龙头后面穿过，她对我们说：“现在的我正在发动一场战争。”正好在关键位置有一堆线。它们最终战胜了这一令人沮丧的困境。窗外的树像往常一样投下一片绿荫。

# 四　一只饰有彩带的小马驹，或一个饰有彩带的名字

他们坐在阴影中，剥着玉米，剥着豌豆。场地上建了几座木板房。我试图找一个和地板纹路样式一样的地方。粉色，玫瑰色，石英。他们涉过微咸的水洼。窗外的树叶捉弄着人们的眼睛，想让别人看到它们，只专心地看它们，让人们的视线离不开它们，虽然透过叶子能看到一些洞，但它们就像轮船里的舷窗一样没什么用，这些水下的舷窗望向漆黑的海水，只让我们看到那个人们借以望向外面的房间。有时候“仁慈”，有时样子又很可怕。它涉及几处非常可怕的用以窥视的隐僻处。我顽强地长大，天空借助昏暗的灯光从桥上俯瞰整个海湾，明亮得令人激动。每一块吉露果冻都用模具装在小巧精致的盘子里，每一块抖动的橙子果冻都有不同的形状，但其他的都是一样的。我迫切地要去太阳底下寻找，天空到底有多高。一个纸帽子漂浮在水面上，橙灰相间的小虫子正在交尾，背对着彼此，这种仓促的交尾没有什么结果。这仅仅意味着想象比身体更多变。但，语言早就如此。难道没有对比的笑声吗？口齿不清还有点慌乱得好笑。比如，如果你说“我总是喜欢独自一人”，然后，一天下午，你想给一个朋友打电话，也许你会感觉你违背了你的原则。我们将鸢尾花死之后的污水倒进了水槽里。生活遭受了无法弥补的损伤，结果无所适从。突然出现一株三色堇，一个蜘蛛网，一只蜗牛走的非同寻常的小路。葡萄园里面有一颗巨型鸡蛋——巨大的石头一样的鸡蛋。在

那一天，我的祖母将一株天竺葵旁边的叶子耙在一起，就像它的名字一样，你可以做许多事，孩子一般不会选择这条路。从那棵桉树你就会知道这点。它乱七八糟的树枝会将衣服上的纽扣散落开来。下午小睡时刻，拉下百叶窗，暗黄色的接近橘黄色的光透射进来，有点忧郁的情调，灯光像蜂蜜一样黏稠，让我好像有一点口渴的感觉。这不是故事的全部，甚至也不是故事的一大部分。半间房子里的半日时光。羊毛让人发痒，抓挠让人暖和。她人如其表。它说话了。这个婴儿像一个苹果一样全身上下都被洗净。他们喜欢厨房，活鱼和贝壳的味道有点难闻，神秘的是，一阵狂热之后，它们就会死亡。一个以自我为中心的人就像这样，生活在一个与众不同的世界里。一个撒尿娃娃，一半埋在沙子里。她趴着，一只眼睛闭着，让一辆玩具卡车行驶在她用手指清理出来的一条路上。我是说她很平静。她还年轻的时候，那是一种时尚，那时她貌美如花，求爱者络绎不绝。曾经那是环状的，现在从空中依然能看到。狗吠，雾笛，蛙鸣，棕色山坡上的蟋蟀围绕在左右。我们顺着欢笑声走进房间，好像要收到一个早就准备好的生日礼物，它大得藏都藏不住，活蹦乱跳，或许是一匹鬃毛用彩带装饰过的小马驹。

# 五　意义因人因事而异

一只狂吠的狗，一个卡车的引擎，一架被树木和屋顶掩埋的飞机。我母亲的童年生活好像是一部神圣的情节剧。她以一种独特的方式去吃布丁，用勺子在布丁周围舀出一个圆圈，逐渐向中心靠拢，她好像是要看看，在布丁的中心坍塌之前，她能将布丁与碗的边缘分离多远的距离，又一次把布丁铺开，降低一点，回到碗的边缘。你可以说这是即兴的，因为在那时，他们闭上了眼睛。一次停顿，一朵玫瑰，还有笔端之事。孤独亦是重要的陪伴。红杉的枝丫在薄雾中浸湿了它们的娇容。长久地，"这将可能成为什么"，现在就是未来，一如孩童的生活一般。最坚韧的孤独也会很快为垃圾所玷污。电台整晚都在播报着一个小孩不幸跌落到山谷里一个废弃的管道中的新闻。孩子像个楔子般严丝合缝，紧紧地卡在深达56厘米的潮湿管道中。在那里，他被报道，被记录，然后最终死亡。此是一节。同步性，就像我所谓之的空间意义，遵从于现实但却一直遭到贬值。在碎石路上熙熙攘攘地铺垫着些伴有雏菊的鹅卵石。这可是件不同寻常的格子呢。我祖父的积蓄和他理解的心目中一个男子汉的重要的本质有些差距；他的积蓄让他既羞愧又鄙夷，而他认为一个男子汉的主要特征是块头大，是看他落在沙地上的脚印深不深——或者换句话说，成功人士个个都是不可以小觑的。一群守卫院子的鹅正在冷雨中啄食，这在一丛绽放的花朵后面显得尤为庄重。这个房间，事实上，也被用作衣柜，因为你如果站在电话桌那里，映入眼帘的就是我祖父的一些大衣，雨衣和帽子，它们都被挂在一排被打磨过的木质挂钩上。许久，待到雾气消散，我也准备独自出去走一走，但是却很快迷失在了一堆杂乱的葡萄藤之中，也无法找到回家的路，直到他们在院子当中竖立起一根桅杆，上面挂着五彩的旗子，确保我从周围的任何角落都能看见。桌子上的玻璃碗里有一些山茶花和一个玻璃蜗牛。纯粹的一段时间里，时空混合，没有什么事情是可以重复的。穿着蓝色的围裙拍一张照片。我想，多萝茜·华兹华斯所经常展示的方式，也无非就是走出去“得到”一些视野罢了。但是语言本身是比较浮躁的。他们说这里经常充斥着些繁琐的杂务。高速公路上蒸腾着滚烫的热气——在公路的每一侧，都是扁平的棕色大地，略微地向地平线倾斜；在不远处，车子的前方路面上，有些蓝色的小池塘，但是似乎在我们恰好要开车冲进池塘的瞬间，一个个忽然蒸发不见了。一排石头上面安置着雾角，保护着海港不受潮汐的侵蚀。果皮和剩下的面包等着发霉。但是，接着，我们就需要，某种意义上，一只鸟，来消灭在地毯里的跳蚤。当有些事情不是有心之举时，我们便不能赋予其意义，除非那件事情非常必要，否则我们就不会期盼着它再次出现。因为孩子们会浪费食物，所以我们需要一条狗。可以在浴缸里用的橡胶书。海岸圈。一个人几乎很少愿意转过身来去看它。肘部离开了桌面。这幅肖像，或是说这张照片，通过这样的方式被制作出来，是为了让我的祖母的眼光看起来像是越过看照片的人的头，望向不远处，那段距离不至于远得让她看起来是在盯着一个空间一样，而是似乎在看着某物，某个紧跟在一个物体后面的名词。不管在哪里都有一些喜欢说天方夜谭，说话不着调的人。她曾经碰到过一些奇怪的表达法（“极好的”是其中的一个，“去你的”也算是一个），而恰好这些表达也正好适合她，所以即使这些表达法所有其他人已不再使用，甚至许多年以后，当所有人都在说“足够远了”或是“还不行”的时候，她还继续在假期里“玩得开心点哟”。这便是旋律牧场，别出心裁且足智多谋。对于我们这些独爱“找刺激”的人来说，就可能会去动物园，看那些非常有名的，被命名为“气泡”的河马。“侧鞍”这种方式于我而言，是不可能的，虽然我已经见证它的成功实施，甚至更加令人震惊的是，当女人采取这种方式时，她们的裙子会随着马匹跳过一个障碍时，像一扇翅膀似的展开，然后又接着继续驰骋。持久地，一开始是渡轮，后来是从伯克利到大桥的电车。这是其中一个可以继续下去的事情，所以显得比较重要，因此才值得被一遍又一遍地说道。潮湿的天气，过了一会儿又变得干燥起来，天空开始有些泛白，然后又转向了西方。如果我看见了钓鱼的船只，那便是第一件我会想到的事情。用通俗的说法讲：那便是像神经病一样。

# 六 最明显的相似与音乐有关

山间的溪流蜿蜒曲折流过涧底，细看其中还布满着星星点点的鹅卵石，乳白色石英和云母闪着细碎的光。那里将有无数的可能性在等待着被发掘。拉格乐曲中，时间的增加到了可以被丈量的地位，并且还在不断扩张。正是那种淡淡的洋蓟花心的味道触发了我内心的渴望，好像就这样把我带回到了睡意沉沉的童年时期。那一年的每一个生日派对上，小主角的母亲都会给大家提供冰淇淋和“惊喜蛋糕”，一片一片，烘烤的是母亲的宠爱、关心。没有什么能打破那些日子的宁静。那时我脚穿玛丽珍鞋，喝着秀兰·邓波儿鸡尾酒。我的祖父像战前的将军们一样严肃，尽管他一战时还是个毛头小子，二战时又年事已高。祖父不喜欢用纤细的竹竿当拐杖，所以经常拄着实木手杖出去散步。他一路上都会沉默不语，除非遇到了邻居朋友，但也只是问候一声“早安”或“晚安”后就继续前行了，就像现在一些慢跑者们在遇到停止标志的时候为了不打乱步伐依旧不会停下奔跑的步伐。不然就像孩子一样发脾气，情绪低落，撇着嘴不说话。我只是时间的客体，对其充满了恐惧。我举起冰淇凌来检查有没有蜘蛛网缠在了甜筒上。雕塑是他们最不应该去尝试的工艺。你可以垫高一侧并在其上修建一系列的阶梯来增加高度。别忘了在街区之间留下一条隧道，或者一面窗，我就是这样做的。这样就可以观察来访者的身形。比如那些滑稽有趣的“前”家人，就经常巡回在他们多功能椭圆形区域内。它只能被人当作工具使用。当我妈妈在购物的时候，我站在“农产品”那儿，吃着生豌豆。德国小提琴奏出的音乐真是可爱，讨人喜欢。许多小孩子喜欢啤酒，但他们已经过了那个年纪了。看不见，只是听得见，很难记得住。我的姐姐跟着我的阿姨姓，名字不是Murree，读起来像是marriage（婚姻），法式的Marie。“狡猾”小姐是一年级老师，非常年轻，或许本来会比较友善的，但是这么多年被叫作“狡猾”小姐，所以她也早已变成了那种性格的人。一副男人用的棒球手套。我曾经灵光闪现过一个想法。便士，小家伙。不规则的、内部的、非对称性的、但却要额外添加的时间。曾经，有个小女孩将她的三轮自行车翻了个底朝天，同时还用手去转着踏板来使前轮旋转。这种严谨的、摇摆不定的效应，不会知道你在做些什么。在你的国家，大多数的女孩真的都会做这种事情。这是一个残酷但可供参考的假说。我不懂得“蝴蝶”这个词语，所以我试图去理解“蛾”这个词语。有个男人，牵着一匹花斑小马，经常晃悠到街坊邻里周围，骑一次，收费25美分，或者正像他所说的那样，“两毛五而已啦”——或许正是因为这“两毛五而已啦”的说辞使得街坊的孩子们才更愿意相信他曾经真是一个酷酷的牛仔，是一个大英雄，而不仅仅是因为他所拥有的那匹花斑小马。他还曾训练过猎鹰，不过不屑于去训练猎狗。但那家伙实际上是个农夫。从一开始，他们就不得不驾驶着犁头从石蛋间穿过。她假装是在制作爆米花。那艘船好像已经停在了水面上，似乎为了喘一下气才缓慢移动移动。似乎我们还未启程，却已到达终点。我们如同一坨烂泥一般瘫坐在汽车的后椅上。在学校的浴室里，我悄悄地呕吐了，但这倒不是因为我生病了，而是因为我确实太想我的母亲了。现在，投标的吵闹声很受欢迎。它需要一个委员会来维持秩序，当然所有人都得会翻译。事情没完成不是事情没做。而且如果我讨厌它的话，它是否有可能变悦耳呢？

# 七　像那海岸边羽翼丰满的小鸟

夏天在浓浓的雨雾中过去了。它们如此虚无缥缈，与驼背上的骑行者走近的海市蜃楼一样不真实。我自己常常想象，这种海市蜃楼就是对他们远行的一种真实描述。在公路上出现过的那些浓雾于我而言既是一种无法触及的纪念品，也是我个人冒险旅程中动荡不定的证据，虽然现在和以前相比这种体验更真实了些。那个人也有着外展的耳朵，如同婴儿在拍打东西时令耳朵变红的颜色。我曾经妄自评论过夜间电台。在那上面讲故事的人总是比故事本身多，以至于即使是同一个家族里的不同的人对自己家族的历史都会有一套不同的说辞。如此看来，追溯事情的起源，或者说是弄明白真正发生的是什么，是件几乎不可能的事儿。两棵衰老矮小的杏树长出的是衰老又发育不良的杏子。意义因人因事而异。吃过洋蓟后的甜蜜回味。自传的耳垂。即使是一些不值得称道的烦心事，比如说汽车凸起来的挡泥板，抑或是报纸已然售罄的报摊，这对于某些人来说可以算是他们的一天都被毁掉了，但小孩时而大哭，时而大笑，无任何负面情绪。天空阴沉，我陷入观察潮起潮落的现象不能自拔。我想起了有人用结霜的生黄油毁掉了丹麦曲奇的事。它只是一条隧道，一条很短的隧道。我想起了为破伤风担心的往事。奶牛群追随着太阳穿过牧场。如今身边的美丽太少了，我只得依靠于一次停顿，一朵玫瑰，还有笔端之事来感知美。我也想借此表达，希望你亦能够有同样的经历，以便于我们能够更相像、更亲密，有更紧密的联系来分享对事物的观点，以便于我们像是“来自同一个地方的人”。即使是在自己家附近的地方，可能也是会想家的。但我还是会有些害怕熊。我会在窗外挂上一串桉树豆荚来驱赶苍蝇。很多诸如此类的“从前如此”的事情在日复一日的时光中恒久不变，在某些特殊的日子也不会改变（比如圣诞节或独立日）。就像是我们一家人总是以一种相同的方式吃晚饭。我们总是坐在草编餐垫前自己的位置，先就着松软干酪吃沙拉。我的父亲总是把这种叫作“松软奶酪”，这是他在家中传递幸福感的小玩笑之一。他曾经两次弄断了他的脚趾，都是在夜间碰到东西时弄断的。对于我们这些独爱“找刺激”的人来说，在那时心脏却还是跳得不行。不管怎样，我想起在我小时候，我既想当农夫，又想当农夫的马。我摇动着头，用一只脚跺地，假想着我在一段长距离奔跑前紧紧地抓住地面。我想象着我穿过学校的操场，做了一场远足，一场野外考察，穿过画着乱七八糟的跳房子格子的一小块土地。于我而言，这也像是一种平凡家庭生活中的英雄神话。英雄们总是清清爽爽，追捕着肮脏的偷牛贼，大声地斥责着他们。他们会用整个下午为排水沟修筑堤坝。在这间房子中，有太多地毯了，楼上的窗户在除了最冷和最潮湿的那几天总是开着的。就是在这种地方她遇见了令人吃惊的年轻时候的自己。我们有可能在这样一个充斥着资本主义的物质世界中找回本真的自己吗？如果我能找到，不管是在哪儿找到的，不管它合不合适，我也会调整它，并让它在如今的世界里发挥自己的作用。最明显的相似与音乐有关。你是指水沟（gutter）还是吉他（guitar）？或像是卷心菜（cabbage）还是拼贴画（collage）？一本有着更好情节的书在某种程度上也算是一种保护。是否有些东西可以从花园中除去。他们希望在有人把车停在那个路边之前下雨。倒挂金钟是一种极其像人的植物，它们和人一样，会在户外的暖阳下感到开心，在有微风吹拂的时候感到舒适。有时我们为了观赏它们，不得不擦干净窗户。晚饭和晚宴不同。晚饭时，小小的有柄餐叉小船般被木质勺子搅得在食槽中游来游去。被卷到了低处失去了平衡，同样也渐渐消弭在了风烛草霜的春天当中。

## 八　汹涌蔓延的情感，只是开端

水面终究不是一面镜子，也终究不会像前额的肌肤一样平滑如镜。每一天生活的光亮，都因它的每一屑碎片而微光熠熠。小心翼翼地穿过隧道，小心翼翼地走过墓地。我们在下午 4 时左右下山了，那时，西边的凉风就会如约而至，山上的杨树和红木便会簌簌低语着这一切。每到这时，我的祖母就会抱怨这位常客，她会叫一个孩子去衣橱里为她取一件独特的毛衣，因为毛衣的颜色除了她谁都没法形容出来。穿好后，她才会允许我们去城里买爱斯基摩雪糕。尽管卖雪糕的那个人不清楚，但我觉得我们买这种雪糕有一个特别的理由，就是我们的母亲是在阿拉斯加长大的。那一簇花枝我已然失去，在其中我发现一小块黄色，形状像是一朵花或一只蜜蜂。那是塔比，大号奏出的小调。从前门进来的惹事者，那罐因形状怪异而无人问津的番茄酱。我那时总会惦记着家里的双人沙发，装着软垫，软垫上面绣着蔷薇的花纹，一种滑滑的触感。见所何，思所以。它们本也应该就是使你消遣的事物。如果我母亲能够有机会去放松、消遣，她也一定会去的。对于我们这些独爱“找刺激”的人来说，微小甚至无意义的发现足以成为狂喜的理由，就像同体格的鼬鼠和蜥蜴相比，前者饭量竟是后者的整整 20 倍。人总是不断地成长的。但每晚我都害怕父母会偷偷收拾行李，然后在天明时抛下我们消失不见，所以我一直时刻留意着他们。篱笆的桩子是覆盖着苔藓的菱形玻璃（那些苔藓比墨水要稍稍淡一些，也不如墨水湿漉），玻璃的根部插进灰白而阴郁的地面，那里是毒葛和蛇草生长的地方，偶有几株被粉尘覆盖的苦草斑驳在附近。就我母亲来说，她即是权威。我想成为一个勇敢的孩子，一个充满勇气的女孩。一个人从事对想要成为观众的人的教育的方式，可能会很大程度上决定了此刻人生甚至历史的走向，还有会对将来造成巨大影响的种种品质。仿佛只要对白纸一通撕抓就能在那一片空白里深掘“抓”出自己的名字。被束缚而困顿的事物必将深陷、爆发。就像，如今我建造什么时，直到一切工具都被合适地放回原处以前，工作都绝不能算是完美的收官。我就是这样，心怀悲伤与渴求，因此，悲伤与能让我“解渴”的水，一直在我的想象中交织着。夜里，她躺在床上，假装自己是一个婴儿，或是一个负伤的战士。黑暗中那位老弟，将来或许会成为一个时常带着口琴的好人。他在低声谈论着油画、颜料块和大地，不知那些到底是他的生动描述还是曲解，那些色彩与景象就那样在黑夜中灵动，就那样仿若真实地走入我的心中。如今我也有颜料皿，不过在以前受制于物质条件的时候，我的第一个颜料皿其实是一个烟灰缸。清晨当我醒来时，窗外正飘雨，就如同自己正身处在泥泞之中。最终，我还是孤身一人。或许对于我来说，欢聚才是人生之诗中的那些有限的逗号，更多的时候，我是在一个人诵读着生活。我也会滑旱冰，不仅会跳线，而且还会单脚跳。意义因人因事而异，牧场里的鲁冰花，葡萄园里的芥菜。不知道约塞米蒂公园怎么样了。我依然怀念那里的那些味道，那种对着桃子、杏子张口咬下时的丝丝凉意和那种只有苹果才能带给牙齿的寒意。钢琴的踏板吱呀作响，也许是它想要告诉人们：这个乐器无关连贯或是流畅，而在乎一种意识感。我在班里有一个被我视为“小男朋友”的男孩，尽管我们都只有 9 岁，然而当他生病在家时，我就会十分在意、十分想要去保护他。或许是我们之间这种超出友情，可以称作“爱”的关系，让我变得既脆弱不堪，又甘愿肩负重担。之后的日子里，我都会在放学后把他的作业带到他家，在他做完后带走然后交给老师，日复一日。就如同带刺的种子飞向四海的方法不可胜数一样，人们也或许知晓自己现在的所作所为。但当我们去直面、去询问他们时，那些如同碎屑般反射着他们所作所为的迹象便会飞散，直至消失不见。每一匹马儿都是一位农场主。那些浮现在脸上的笑容——伪装着自己情感的笑容，近乎条件反射般的笑容，与仅仅是面部的一阵抽搐又有何异？那些虚假的笑容，或许是人们对自己内心的刑罚。我只愿这诸多虚假，永远不会造访这个小村庄——这个我所深知而深爱的家。

# 九　所谓记忆，并非让人牵肠挂肚

在这里的每一天，都如同是一叶小舟，而所有的日子都仿佛是在驶向同一个海岸——它巨大而遥远，灰暗而阴郁。而我所能做的，只有在摇摇晃晃的小船里、在起伏不止的海浪中，寻求那微弱的平衡。其实我们就像那海岸边羽翼丰满的小鸟，一旦落脚，便是永恒，是死亡。无论维度还是寿命，肤色或是喜悦。所以，我若把我的想法告诉你，我就会强迫自己一直坚持那些想法不放手。我曾无比渴望一瞥美洲狮的雄姿，然而我却最终在浣熊的身影前停下了脚步，并自我满足于此。狗自觉失宠与嫉妒，便假装跛脚以得我注目。眼前的雾是如此细微，与其说它是空气中的一种质感，不如说它更像一种融化在空气中的味道，一种像是在沙地中生长的海草与蔷薇发出的味道，让你用呼吸感受它嫣红、淡粉和明黄的色彩。那雾，不知为何，我对它怀有一种不多但足够的敬畏感、崇拜感。那就是我心中爆发的一种情绪，如同海浪一般，是我长久以来想要去重获的事物。但这些霎时的情感最终就像鸣蝉一样，会从空中坠回地面。在高速公路后面，我们又路过了一家卖一些小古董、小玩意的小店。孩子总会犯傻，孩子总是傻子。尽管她并不讨厌做饭，但是那些冗长菜谱和处理不完的安排总是让她倍感烦躁，因此她会对我们询问晚饭感到厌恶，并会不耐烦地回应“决定，决定，该死的决定”，然后就去找些糖给自己弄杯咖啡。我的祖父有两匹马：一匹是老“公爵”，他称其为“非常棒的动物”；另一匹是“焦点”，祖父时常骑着它慢慢前行，骑在它的背上就好似在享受安乐的生活。连贯，与想象或是态度并不相同，更关乎于一种不可摆脱的方式。我们沿着最陡峭的路慢慢地走回山上，但就好像欺骗了自己的双腿说这不会累一样，我并未觉得有多累。可谁又能预知，在另一个夏末，当我在新英格兰的一个女孩训练营里作教练时，我发现在爬了一天的山后，下山的路却是爬山一程中最痛苦的部分，仿佛这双腿早已不属于我。我那不断颤抖的腿部肌肉让我身后的女孩们止不住地咯咯笑（我总是走在前面，事实上我一直是快跑离开这些女孩们，带着急切的疏离感和孤独感，因为我讨厌训练营，很想家）。在那个夏天开始时，我们看见了一片群山连绵。不知你每天的天气记录怎样了。登山时裤子口袋一直摩擦着我的皮肤，让里面的硬币都一直发热。或像是干草般让你昏头昏脑。对于我们这些独爱“找刺激”的人来说，我不是你们的女仆，我是你们的母亲。海岸，许多小船在此倾覆。他们在这棵活着的红杉树树干上打开一条通道，让高速公路穿越，真是一件足以让人惊奇的事情，因为这样一来，他们就把树变成了隧道，变成了这棵树以前从没有过的样子，也因之让这棵树与众不同。鲜明的个体让普遍性散发勃勃生机。一个饰有彩带的名字。远古以降，世界使之成型。人们吟唱有限的歌句来抒发自己巨大的喜悦。正是那种对内在品质的卓越的追求，让他们无惧于各种环境的考验。一座近水的吱呀作响的旧楼。写作技巧的魄力。但那里有很多地方我再也没有回去过。有五六个邻居的孩子在门廊前玩耍，他们是凶猛的“海盗”，向着街上的车大喊大叫“准备行动!”“降下船帆!”她负责照料花园，把它打理得与众不同，一个玫瑰园（或玫瑰花床），或一个杜鹃园，种植一些本地的品种，但奇怪的是长得反而不如别的花茂盛。小孩子应当骑在年纪大的马背上玩耍，而不是小马。我想模仿说点什么时，就说如果我们不用非得吃东西的话，我们可就成富翁了。动物园中动物的不同处境，让我十分惊讶，就像海鸥、鸽子、麻雀和八哥已经快到了无人问津的处境，而这些往往都是雀类。与这个场合非常搭配。最明显的相似与音乐有关。他们的活动，自然而然，因为他们就在做着他们过去在各自熟悉的环境中做过的事，这实际上应该让我们更感兴趣(我们站在笼子周围等着希望那只正在睡觉的老虎会做点什么)。那些淘气鬼们总在狗食中加些花椰菜，并觉得它一定爱吃，但这终归只是淘气鬼的无聊逻辑而已。那是他们在我心中的形象，而如果我不以一个身心宁静的人的形象活在别人心中，那他们就一定视我为冷淡、忧郁与兀自心伤的集合体。所以后来，一个人玩耍的时候，我会将自己想象成一棵树。我渴望成为一棵树，这种渴望之强烈，竟让我优雅尽失、焦躁不安、彻夜不眠、费心费力，令人不快。

## 十 我们和自己的真实所感渐行渐远

若是写作，那我们必然用自己的呼声去解释、去倾诉。就如同我，不仅去宣告自我认为的真实之物，而且还是为了让我自己从中得到宽慰与满足。我会全力冲出黑暗不见五指的地下室，是为了不让那模糊的恐惧将我攫住。同样，出于某种怪异的情感，人们总是喜欢养一窝幼仔中最弱小的那只。母亲每天下午都会坐在椅子上，如同一个坐在长椅等待公交车的人一样，去迎接那每天如约而至的头痛，预知而无法摆脱。我曾在书中读到过这样一句："水，深蓝如墨。"而用钢笔的人还是那么少，着实让我很遗憾。将硬币放入盲人手中时，一定不要忘记拿一支他卖的铅笔。有一次我去基督教科学主日学校时，老师问我长大后想要当什么，我说我想要去做一名作家或是医生。我的话仍在空中回荡，这着实让我尴尬。一个饰有彩带的名字。在马戏团，有人在兜售戴着小项圈的变色龙。变色龙身上绑着一些红色和黄色的丝带，因此人们就可以把这个有生命的珠宝别在衣服上，作为搭配。对于我们这些独爱"找刺激"的人来说，我们的母亲也是喜欢这种搭配的。那种考验耐心的单人纸牌游戏，在它首次发行时就让人们大失所望。有些话，当我说出的时候，那一刻的所想，可能终其一生都无法再感受到。因此我向父亲借来了他的打字机，去记录文字，也是去记录思想。在印象里，有一个花园，它的篱笆上有一个洞。在记忆中的一个雨天，一个带着湿漉漉的帽子、不信教的老爷爷，会穿过这个洞，走到满是雨水坑的行人道上。这些水坑里有些指头形状的东西。这种记忆，就如同欣赏了一场非凡的音乐会、目睹了一次壮丽的深秋日落之后，急于将这种记忆去向某人倾诉的迫切、那种躁动一样，生怕这记忆就这样悄然无声地埋葬在了自己心中。中午时分，我立在谁都无法占为己有的新月之下，希望这一切美好不会被孩子无知的玩耍击碎。在海边玩了一整天后，我们就一直咳嗽。这就是所感与所为的相异之处。这是处在关键点的一年，一切都在迈向崭新，并与之相拥、结合。那是我 9 岁的夏天，我一直在练习一口气游完一个泳池的往返，一遍一遍，不知疲惫地重复，直到我游完一程转向身后时，才发现黑夜早就在泳池的另一端等我了。我会和兄弟姐妹们玩捉迷藏。当我望向那一列列挂着的大衣和帽子去寻找他们时，我听到了电话间里，那从话筒里传来的使人灵魂出窍般的动听声音。如果在玩的时候祖父母正好在准备晚饭，那么最大的孩子就会躲在他们之间——也只有最大的孩子才敢这样。其实事物的对立面，又何尝不是另一种可能？我从小就被给予了足够的私人空间，让我享受那奢侈的孤独。一次停顿，一朵玫瑰，还有笔端之事。在我 10 岁生日时，我并不想要那所谓的生日聚会，我只想和母亲在一起。但那时朋友们一直和我在一起，而她那时也忙着准备气球和蛋糕。她一直写日记，不过自己从来不读。那些一直对友情不屑一顾的，反而成了世界上最适合做朋友的人。他们不抱幻想，但时常自省，时常会为自己的所作所为感到悔恨。现在看着那浴缸的帘子，也是分外性感。或许有了缺陷，就意味着这个事物会注定被遗忘，但也告诉了他们：心存不懈，总会有一个地方是你的一席之地。卡车的声音吓跑了住在这里的红眼雀。就像传统书法老师教给我们写一个又大又圆的“O”一样（这种方法被称之为“帕尔默书法”），再写一个又大又圆的“A”，还要读出一个大又圆的“A”，而不是像读“cat”（猫）和“Ann”（安——人名）时发出的是一个混沌、狭促而又充满鼻息声的“A”。高高的边石被刻成曲线的形状。我父亲他是远视眼，他会从西北边的窗户远眺钟楼——他自己那么叫——上面的大钟，来确认时间。意义因人因事而异。苹果让人如此有食欲。在沙滩上，那时的她是一个瘦得皮包骨的小女孩。她的泳衣松松垮垮，坐下来玩沙子时，沙子就会涌进她的裆部，看起来十足像一个育儿袋。收费的桥依然在收费，而事物的跨度之间，却是充满了雾，那种细纱般如画的雾。或许那不是雾，是如雾般无处不在的事物，如此微小。小如跳蚤，小如粉末。你与朋友们并无区别，但当你和朋友们在一起时，你才会和他们有所区别，因为那时候你也早已不再是原来的自己。人们总是在相互改变。我曾如此努力想要坚守对自己的诚实、对自己的忠诚，而不知何时我也已经放手了，可能是在那一刻我终于明白了——我的所为，早已与那些美好的想法，背对而行了。我用拇指比量一把钝了的勺子，而他拿起了调色刀，突然间，轮船来了，我敲了一下空格键。我父亲曾和布拉克（Georges Braque，法国立体派画法大师）一同去巴黎郊外的一个景点去画一幅风景画，那是个很棒的日子，碧空无云。不过我已经记不清是父亲希望与他一同前去，还是被布拉克邀请而行。最后，一次动物园之行，我们经过了银狐园。那时，我看见一群麻雀在银狐园的地面上啄食，有一只麻雀也许吃得有些忘乎所以，对蹲坐在人工岩石后伺机的狐狸全然不知。然后两个影子在地面上迅速变成了一个，残留的只有几片羽毛。

# 十一　你很难从流水中全身而退

点动，则成线。每一个孩子都会争着去掌管打扫黑板的任务，这样他们就能在每天值日时用手拍打黑板擦，看粉尘在空气中如魔法般弥漫，这便让他们无比快乐。而我，却一点不想争取这种“快乐”。相反，让我感到有意思的是，有一只松鼠从烟囱里掉进了房间，因为找不到出去的路，便惊慌地到处乱跑，甚至跑到了存物隔板上，把各种小玩意碰了一地。在一栋用假砖建成的楼上，人们正停下来休息，所在的位置很高，如果我在那儿的话，可能会恶心呕吐。那种曾与性别紧密联系的念头，那种曾孕育出对无限与永恒的渴望的念头，在我逐渐长大之后，终将在记忆中不复完整。野马，我们留不住。洗衣店里的那个中国女人，开口说话时，她那小巧的步伐总是会跟不上她的话语——沙哑，且越来越快。这种矛盾在她身上无比明显，就如同一个美人鱼在用力吹一个大号。美学的发现总是与科学的发现有种社会性的不同，而这种不同往往是具有政治性的。我要打扫我的桌子时，会将它上面的所有东西全部倒在床上，然后再开始用湿布擦拭一个个抽屉。或许这不美，但符合我的“政治目的”。《人间天使》（一首吉他曲子）的第三段很难弹好。我们抓了好多蚕茧，抓了一遍又一遍，但我从未见过有一只飞蛾或蝴蝶破茧而出。他说话声音很大，听起来的感觉，就像是一座寂静的图书馆里的一声呼喊一样，让你吃惊。我们家的每一个人牙刷颜色都不一样。美国人会说“门警”

(janitor) 而不说“门房”(custodian)。一个饰有彩带的名字。把抛光的锡纸包在一便士硬币上，便可假装银币。每当他凑巧说一下自己在干什么时，他就会掩饰说法来让人不明所以。比如，对一个飞机乘客大谈特谈，却故意避开谈论飞机会飞向哪里；问他最近在干什么时，他会对自己晚上做的那个梦大谈特谈，从而逃离话题。黑暗的门道里，传来的声音会让你的任何想象逃离。与此同时，我已经默默地成长为一名女牛仔，一名儿科医生，一名优秀的读者。最终这种融入之严密会使情况逆转。我之前提到了“开端”(这里指第八篇标题《汹涌蔓延的情感，只是开端》)，是因为到 1964 年以前，我都将世界想象成一个认知的媒介，而我所做的一切，都是为了让世界认识我。因为纵使是照镜子，镜中之我和镜外之我也必定会有差异。各种疾病，如同腺体发炎、喉咙酸痛、头痛或是小流感，都是某种错误。而一切特例，终会归于常理。这种近乎严谨的想象，或许只有它自己本身才能够成全。在动物园我看到的最有意思的事情，就是看那株倒挂金钟在大风中筋疲力尽的样子。我的阿姨，举着我写下的小字母，认为这种用笔记录的行为是值得表扬的，她认为的写作，即是对我所认为的真实的一种记录。其实她自己，也和我一样不擅运动。对于我们这些独爱“找刺激”的人来说，其实每一家希尔斯百货店的味道闻起来都是差不多的。我已不再对穗轴上的玉米粒或是龙虾有所觊觎了，并非我不再喜爱那种味道，而是我讨厌吃完后的那一片狼藉。一旦周边的环境杂乱不堪了，你的思想也会杂乱不堪。我们曾经用纸杯抓到过成群的蝌蚪。兴奋地回到家后，我便把它们倒在浴室的洗手盆里，它们似乎也乐在其中，欢快地游动着。然而当我试着向一个小鱼缸里倒清水时，发现鱼缸没法正好对着水龙头。正当我手忙脚乱之时，我无意间把放水塞子碰到一边，结果，我们努力抓到的那些小生命，就这样乘着水波，从我的面前消失了，被那不知通向哪里的黑洞吞噬了。所谓记忆，并非让人牵肠挂肚。思想是那些被自己默默藏起来的心情。

只有到了夏天，我们才被允许每周去买一次漫画书——用自己的零花钱。要呕吐的胃，要小心处理的问题。你自己曾经是何等模样，与你将会变得何等滑稽不堪，也许是有某种主题上的联系的。若我无法成为一名牛仔，那么我便会去努力成为一名水手。意义因人因事而异。今天，云翳仿佛是从天空中的一个点喷涌而来。若思想弥漫如空气一般，拥抱着、穿透着世间的一切，那么无论是谁，都无法将其夺去。就如这个清晨，我对这些美好，如此心醉。

# 十二　我在他书里的每一页写下自己的名字

少顷，我明白了是什么把寥寥疏星连成星群——丹麦人开的饭馆就有这种魔力。既然我已经“到了自己作决定的年龄”，我决定像别人那样穿搭。毕竟生活已是如此平庸，人只能让自己穿得好看来获得些许乐趣。我也学会了有条不紊地讲话，可这些话跟我的想法和感受毫无联系。就像曾经那个不诚实（crooked）的人，骑行了弯弯曲曲（crooked）的1英里路，之后用一种19世纪特有的虚伪（crooked）文风写了一篇充斥着累积句的科学散文。理想就是在美国拥有一处房产，而她从一个农夫那里得到了。当然这理想还包括购买惊悚片和枪手穿戴的外套。那以后，联邦调查局的特工比传说中会把五年级小女孩诱拐谋杀后抛尸学校后面的山丘的未透露姓名的歹徒更令我害怕。一次停顿，一朵玫瑰，还有笔端之事。大约就在这个时候，爸爸开始用恰当的措辞告诉我书中所描述的美好。奶牛在加利福尼亚的山坡上啃草，直到黄昏渐渐褪色，光和阴影都融在一片漆黑中。都说生命之美在于有无限可能，而我选择了做伤春悲秋的那一个。辩手说服别人赞成自己的观点；在比赛时，得分最多者胜出。蓦然间，你会发现这一切是多么的孩子气，多么的令人尴尬，但又不失趣味。休耕时期，靓丽的色彩红黄相间。人们认为思想总是在它该略过的地方徘徊犹豫。对于我们这些独爱“找刺激”的人来说，她假装成一个铁匠。烈日下，两个人在轮胎经销商旁边吃着午饭。要做的事情很多，直到你心生厌倦。厌倦滋生空虚，空虚又成为厌倦的温床。超自然的东西令它哭泣。现在她是一名小提琴家。至少，一个人应该拒绝不切实际的工作。我回想起曾曾曾祖母的话，并把它写在这里："人生何其短暂，每天切记矫误修身。"你也许会说，她正是因为没有做到这点才成为她现在的样子。你很难从流水中全身而退。她建议我们"好好打个盹儿"。甚至当我过了骑矮种马的年龄，我还是依然喜爱这些小东西。看着我妹妹骑着小马，紧紧抱着它的鞍角，绕着那个窄窄的圆形跑道走的时候，一种优越感油然而生：因为在每周六，我都会骑真正的马上马术课；同时我感到嫉妒，因为现在不是周六，现在骑马的也不是我。他们告诉我我很慷慨，喜欢事事井井有条、各得其所，但我们却想听故事。一阵嘟嘟声，一片生活的喧嚣，一大排人类蜂房，教育的狂欢作乐。这是怎样的一种景象啊。每当你已穷尽所写的背景、话题或语气，就开始新的段落吧。冰箱发出了一种我难以描述的声音。鸟雀们最后会飞回饲料罐。魔术师为了取悦孩子们，就在生日聚会中表演。我们每天都吃布丁状的米糊当早餐。我们就像那海岸边羽翼丰满的小鸟。绿意盎然、探寻黑夜的树木。所谓记忆，并非让人牵肠挂肚。但也算是令人愉悦的小曲儿吧，令人愉悦了一整天。他从商店里偷了一罐坚果，又把它给了我。现在我像一个重返货架的小偷，要把它还给商店。我千方百计做到了，又把坚果放回货架。一场浪漫史不复存在。通过这个轰轰烈烈的有关慷慨的故事，我开始懂得了爱情的真谛。

# 十三　信仰好似一声模糊的牛鸣

学着倾听，就是学着少说话。人们能够捕捉到城市的喧嚣。西蒙说那声音来自校园。如果我正站在这儿的话，就会对此确信无疑。邻近地区的细雨洒落下来，淋得腰部湿漉漉紧绷绷的。服从那个最优秀的。以前的我们就像羽翅丰满的鸟儿，沿着海岸在细微的风中笨拙地蹦跳。狐尾草和桃汁，都洒在书上。这首歌的秘密在于，它的曲调太难捕捉，以至于无法把它哼唱。那时候我还听说，女人的声音要婉转清晰。最明显的相似与音乐有关。也许是由于这个原因，我被大家孤立，可孤立未必不是好事。我对球类运动感到厌烦，我害怕球。但我会用麻布做挂包。秋天，我们用耙子把一堆堆落叶扫到一张旧床单里，系紧四个角，然后把这个大包裹抬到火堆那儿，看着火苗把树叶吞噬。我也会用揪雏菊花瓣、跳绳或数指甲上白斑点的方式，来得知自己真爱的名字。除了在情感上我总是受到别人伤害，我基本上是个可以自娱自乐的人。我们也关注其他的事情。冬天慢慢变暖，她年龄也大到可以去鸟类的避难所——植物园去玩了。音乐的曲调，就在这里上扬。陌生人的眼波也会自然地流转。我们眼里的世界是以一种我们不熟悉的英语构建的，表达方式令人惊讶，也令人尴尬，使用的词汇来自同类词词典而不是我们通常的字典。可能我从一开始就不正确，眼睛近视，对一株毛莨辨识不清。我会重新开始，转到下一行，缩进式。一个饰有彩带的名字。厨房里的玻璃杯杯架油腻腻的，上面黏着些死苍蝇。在那些被蝙蝠追赶的蚊子出没之前，你还是会非常享受夏夜之美的。对于我们这些独爱“找刺激”的人来说，飞蛾比蝴蝶更胖。从公共大巴里，我看到一个在吉里街上卖纸折康乃馨的妇人，她的导盲犬卧在她的羊毛衫上。蜥蜴有了猎物。它们身上蓝色的闪光就像当地的路灯。从窗外往外瞧，我能看见国庆日的焰火，还有冬雨落在海湾的景象。这和沉迷思考一样都不会使我感到乏味。别人会离开又古老又舒适的角落，而我会选择留下。天鹅就是个泼妇。她自由自在的样子，使她即便举止粗鲁，也显得优雅得体了。孩子会更清楚谁的方法令人感受更温暖。他本来应该告诉我们“右急转弯”而不是“左慢转弯”。现在他们已经不是可以互换的说法了。数学是我找不出笑点的笑话。如果可能的话，等待会让人愉快。然而留白并非意味着更干净、单纯。青春期是重复乏味的不断循环。我用蓝色墨水把自己的名字写在他书里的每一页上。公爵这匹老马以前可以疾驰，而现在只能慢悠悠地小跑。这么寒冷的天气里，不能戏水的鸭子是多么可怜啊。

## 十四 所有摄影师都会告诉你同样的事

在向女人过渡的某时，一个女孩总会对宗教有莫名的兴趣。若说此为惯例，不如说是女孩的一种预知或是一种妄想更为合适。因此，他们让母亲去把我的思想拉回正轨，并把我关在家里。盲人在卖几枝金雀花。从忧郁症中，传来了些许散碎的记忆与言语。在加州的夏天，阳光耀眼且灼热，使得阴凉更加阴暗和凉爽。但我们只有七天时间在这里，所以那阳光在眼中也显得逐渐变化有序，甚至足以预测。一次停顿，一朵玫瑰，还有笔端之事，在那碎屑般的文字中不再清晰。或许在玛雅人的日历上，一年会有更多天。那个性格无常的胖女孩最终在对这紫褐色地平线的感受中，变得正直。你很难从流水中全身而退。时常粗鲁，时常咆哮，让人虽为女性，却无女性风韵。我幻想着，人出生前的“前缺席”状态，或许就是神灵。筹备工作。在我开车去城镇的漫长旅程中，我不会让自己睡着，直到驶入移民工人生活的阿尔维索（美国城市），在那里我会看到田地边缘的一排房屋，我才会安心。那只闯进来的松鼠打翻了产于德累斯顿（东德城市名）的小雕像，而德累斯顿可是我祖母的老家。或许我们可以“规划周末”。对于我们这些独爱“找刺激”的人来说，你也许会说那是它的鬼魂。新英格兰的气候造就了人们的性格。我发现我总是不能完全记住怎么去唱我最爱的歌。也总是会为摩托车驶过的声音所烦扰。人生到了某个阶段，一个人便不再听新颖的想法，而是去设法应付崭新的事实。从上面的阳台上看到的舞会，那真是最棒的一次。取代你的位置，并非占据你的所有。他总是很严谨地造句。朝阳的光芒透过窗户洒落进来。落在家中，落在我的幻想中，只有我手上分裂的纹路才会让我明白我依然在现实。尽管它们是如此难以被细分。一次坚守，一次离开，又一次开始。星座与星星，在一处被吞并、接纳，化为乌有。如今的哲学，就像已经被艺术家们占领了一样。只要有人正坐在房间中，那扇屏风就会被搬离炉火。马儿们在带露水的草地上小步慢走。我应当改变的是自己的悔恨和主观臆测（我记在了一本笔记本上）。我应像一个负责任的人——虽然佩着崭新而精准的手表，却能容忍一个朋友的迟到。我并不喜欢看赛马，那样反而让我没有机会去欣赏马的样子。狐狸的生存方式堪称成功。虽是严冬，但在新英格兰的夜晚里“咯吱咯吱”地走在雪上时，感到的却是意外的温暖。漂白粉没有给霉菌生存的机会。当谈论起一个人为何所做，与谁同做时，那到底是问及言语的状态，还是他真实的本身？一瓶酒和一酒瓶并不相同。也不同于送奶人在温暖的雪中放下的一瓶奶。母亲总是担心开到 65 迈时，车轮会就此脱落。树叶总是多于花儿。在微风中，他们的视线为一个颤动的粗环所深深吸引着。我默默地等待着，期待着去经历，期待着某一天我的生命会绽放出非凡。

## 十五 彼时，永恒的拉丁式爱情让一切封存

她要么是把自己当回事，要么是太把自己当回事了。把自己绷得像乐器的弦一样。黑暗派对。你在理解一本书之前，是不会读它的。和一群鹿奔跑，然后消散。不管我们去哪儿撒欢，最后都会在小溪边停留。我们抄近路穿过玉米田，随手掰了两三穗玉米吃，惊讶于那些不知道玉米生吃比熟吃味道更甜的傻瓜。如果我们是猫，早就被踢出田里了。他们逗鹅卵石下的潮虫，踩蜗牛，在鼻涕虫身上撒一点盐看着它们吐出白沫——与和煦的天气相比，这种行为似乎有些残忍。我闻到了伤口上胶带的气味，语言就像水果的果皮。斑马和马完全不同，不应该在非洲传说中当作后者的替代品。所有摄影师都会告诉你同样的事。因此，缺乏，不在于真实性，而在于现实性。为什么这些人要互相写信给对方呢。收到来自加利福尼亚的信的确有些令人尴尬。黄昏的光，我母亲总称之为逆光，使草地蒙上一片温柔的灰蓝色。我只想知道真相。晚饭吃烤薄饼是可以接受的。一个人必须“得到”充足的睡眠，才能应对忙碌的第二天。一次停顿，一朵玫瑰，还有笔端之事。她想冷静地当一个旁观者，闭门不出，保持沉默，但是她的天性却往往发出矛盾和疑惑的声音。试图去解释就像拥有回忆——一个少年般的人，站在远处，谨慎甚至虔诚地等待着一个更美好的自己。脸转向窗户，气势汹汹。他们没有胃口。汽车像一只加了鞍的鹈鹕。不安分是一种怀疑，也是一种好奇。对于我们这

些独爱“找刺激”的人来说，他只是一个步行者。我的祖母曾经是一名基督教科学派的信徒，但不知为何我把其教义按反向来看，那就是强调玷污教条的应是思想的堕落，而不该是身体的尽善尽美，所以我变成了一个忧郁症患者，担心自己有一天会发疯。一个饰有彩带的名字。事故现场的吗啡。对自我和美感到懊悔的一个人。这是我学到的一些东西，并且好像这适用于所有事情。难以避免的情绪是行动的第一步。他为了减肥已经不吃奶酪了。杰克的盒子的每一面都被画成了多米诺牌的样子——那实际上是一个色泽亮丽的骰子。你的朋友或许也和他在一起吧。我在他书里的每一页写下自己的名字。我小巧的笔迹究竟是精致还是胆小呢。它真是一个不错的玩具。她修剪指甲和分叉的头发。所有的细节：即时的，相同的，细小的，都应该考虑到。他们像一根手杖。把它纺成线，织成布，穿烂，扔掉。然后把它穿在身上。同步使逻辑可逆，就像心理学或者一个人的行事逻辑那样。

## 十六　她露出了左侧脸庞，好看的那面

对一个高大的人，抑或是一座巍峨的山来说，天空才是他们的极限。瘪了的备用轮胎。大雪覆盖的山谷把山岭显得更加矮小，我们踏着雪鞋，翻过栅栏，往山上奔去。似乎我们还未启程，却已到达终点。放弃一切私心杂念，飞奔而下。当时的我，将生命视作与宿命的一场械斗，这便是我的天性。她被困在电梯里，大口地喘着粗气。喋喋不休的闲言碎语一点一点吞噬着她。这更甚于在险山峻岭上做辛苦乏味的工作。盒子里跃然卷轴上的，是一个个身材魁梧的摔跤手，样子像极了含苞怒放的金鱼草。他们被蜜蜂赶到了屋内。我每次到巴黎地铁，都会看到一张小小的告示牌，提醒人们门口的那两个相向而置的硕大双人椅是专为那些因战斗而跛脚的士兵和退伍老兵准备的，也正是这块小小的牌子不断提醒着我，让我明白这是哪儿，这儿曾经历过怎样的残酷洗礼。纸笔的记述或许能让它存留下来，即使支离破碎，也还是足以供后人用心见证。当你拆开信封，是否会期许着一张支票。一次停顿，一朵玫瑰，还有笔端之事。鸭蛋尝起来更像是个“蛋”。一种羞怯会表现为害怕使人难堪、使人不安，这是一种高度敏感和极端移情。信仰好似一声模糊的牛鸣。我时常感到战战兢兢，只能通过远足来放松自己，试图逃离我的真情实感。铃响，骤降，重现。亚历山大的战马，四处漂泊的旅者，被历史依附的生灵。才离开海岸她便看到七头鲸鱼，一会儿又多了三头，它们纷纷

从水面跃起，再翻滚着落入水中。对于我们这些独爱“找刺激”的人来说，每一段关系的发展都是这样变化着，让我们又惊又喜。你带着自己的爱犬走在一群狗的前面。喧嚣的闹市区，冷不防前面一片灯光闪烁。一个红色迷你木马，一个玩具，亮丽又暖心。所有摄影师都会告诉你同样的事。我们给鸭子拿了一长条神奇牌面包。我早已学会对那些突如其来的善举持有一丝怀疑的态度，因为那突如其来的善心曾驱使我捐出陪我度过整个童年的柳条摇椅，那把椅子早些时候可是母亲的专属。后悔随之而来，可即便如此，我也无法心安理得地将其索回，因为那样的话我一定会感到无比懊恼，恨自己罪孽深重，恨自己自私自利，恨自己狼狈不堪。这世上没有什么比一本回忆录更能诱惑人了，但所谓记忆，并非让人牵肠挂肚。即使当时的那份记忆并不是多么扣人心弦。她生来便是一副固执脾性，也恰是这份脾性塑造了她在实现自己意图时的严肃与认真。螺旋线是一连串圆的形状。近视或许可以用来驱散时间恐惧症带来的痛苦和难挨。最明显的相似与音乐有关。一遍又一遍地穿梭心间。那无法触及的深刻含义只会让我对它更加着迷，因为哪怕是单个形似字母的标记，我也难以理解。如果那真是“字母”，大概就是波斯语中的怪异符号吧。母性的维度；性。她不放过每一点细枝末节，俨然是位植物学家。仿佛词语可以把热情的思维和外在的物质世界交融一体。仔细聆听那水的滴答声。个性的局限。语言天生带有鼓舞人心的力量，某种程度上可用来验证浮士德式渴望的正确性。它们支离破碎，发散出无数连绵不断、繁杂冗长的思绪。让我沮丧不安的正是“日记”一词。

## 十七 那只是个巧合

果园里排列的树木深谙序列的道理。凯撒指挥的战役亦是凯撒构思的散文。一个饰有彩带的名字。我们在旅途上踽踽独行，好像旅行本身是可以随身携带的一件行李。换言之，我们是“行走”在自己的时间旅途上。激情似火，放手去爱的经历总能轻易触动我，让我不断提升，让我最终变得独特而对我周围的人一无所知，那样我就得以从不断迎合他们、不断答复他们的繁杂过程中解脱出来。也就是说，可近乎无所事事，整日休憩足矣。花瓶里插着剪下的花枝，还有悉心放置的假花和陶瓷制成的花束。然而爱花如斯，那些日子中他也从未在屋里养过盆栽。这些老旧的零散文本，可爱又迷人，要么是早期用埃及语和波斯语书写的大作，要么是萨福（古希腊著名女诗人）的杰作，不过这就是只有那些丢失的文本才能解答的谜题了。彼时，永恒的拉丁式爱情让一切封存。变得像塞戈维亚（西班牙一旅游城市）一样赫赫有名可不是他命中注定要走的路。尽管如此，我还是在他书里的每一页写下自己的名字。语言是一段给了我如今模样又让我郁郁寡欢的历史。一天天记录着日期追随着它，就像凭着我的名字，我拿起了一本书；凭着一个日期，书里的历史赋予内容以语境，就这样依附于一本读物上。记忆也变得如一堵墙般坚实可靠。我的祖母曾是个大美人，而且这个美人在牌桌上战无不胜。对于我们这些独爱“找刺激”的人来说，眼睛要比耳朵灵敏得多。洋蓟绞尽了脑汁，用鳞片和荆棘武装自己，还把深处的花蕊悉心隐藏起来，我把那称作

“窒息”式隐藏。可能我一直期盼通过坚强的意志和不懈的努力来变成别人，也许我能改变自己的性格甚至是自己的容貌，那或许就是某种意义上的重塑自我。然而事与愿违，我发觉自己不巧为一种人格所困，正是这种人格让才让那个重塑自我的想法得以萌生，也正是这种人格让那份期许保留至今。所有试图解决有关可能性的尝试最终都会走向另一个难题。与此同时，他们的存在让人蹒跚而行。梨树拥有白色的躯干，让他们免受烈日灼烧之苦。试想一下那种病态的近视。小狗会因蜥蜴不用四处嗅闻就能自如行走而诧异不已。我们就像那海岸边羽翼丰满的小鸟，离开水便举步维艰。沼泽地里会有天鹅吗？当然了，一个人笔耕不辍，想要以此成为一名作家，他的愿望尚未达成，只因那份穷尽平生所学才能写出的杰作还未诞生。只有持之以恒的练习才能使之成为现实。我嵌入了一段有关清晨睁开惺忪睡眼时的痛苦的描述。窗外飘来凉凉的灰土和草芽的味道，学校书本和腐烂苹果的气息，随之而来的还有远处飞机的轰鸣和成群乌鸦的啼叫。我猜想一个女人的安康和舒心定是来源于爱啊。所有摄影师都会告诉你同样的事。所以我不在雪地里穿靴子，或是在严寒中穿袜子。因为习惯拖沓着脚走路的人肯定会让靴子和袜子磨得不成样子。无论是追求爱人还是追求爱情，那份责任感仅仅是追求的背景而已。让不同道路上的人融入进来。每艘船转弯时都会向我们这边倾斜，而我们则假装了解的比能做到的多，并以此识别出帆船的等级。随着一个人年龄的增长，他所能接触到的政治圈子也愈加宽泛。那时我正在学习某种几何知识，那些几何形状具有纯粹的装饰效果。你可以以水晶或肺叶的形状为基础建立模型。她露出了左侧脸庞，好看的那面。她以一个小女孩的身份聆听她所感知的这个世界。雾角的一个显著特点就是你看不到它们，只需用耳朵捕捉它们。雄蜂数量惊人，多数人注意到这点是由于摆在那儿的蜂箱而不是“用心聆听”而来。那是1958 年 5 月，一个读物无法匿名发表的年代。她是不会赞成用背景音乐的。

# 十八 一个人的旅行，可能“迎头撞上”一场风暴

它在夜晚自由飞翔。在那种光线下你会和母亲联结起来。靴子，爬犁，奶酪，树瘤。对于我们这些独爱“找刺激”的人来说，夜晚通透明亮。去观察，去感受，都有不同寻常的体验。我父亲会说明天可是个“重要的日子”。有种情景用语言描述起来总显得匮乏，有时我说的“可能吧”听起来就像是“没戏了”。这是真的，可为什么是真的呢？说不上来的话，大抵因为那是假的吧。我提到我的脸是因为我把它弄得像极了一个魅影，我可不会小瞧它。但若是我不喜欢第一次试穿的裙子，无论怎样我都不会再喜欢它。那只是个巧合。一个人的影子就是一个人的样子。马戏团里的大象比马更美丽，比小丑更动人，比那些训练有素、能轻松从大象身上飞跃的老虎更加优雅。体育课是门必修课。学校合唱团的指挥把可以发出声音的肌肉称为“躯干”。无限无穷的东西总能从一个人的生命中延伸，而永恒却被局限于一个人的生死之间。正是这样一系列错综复杂的论调和各种基于神秘主义的解释把不好的名头带到了“巧合”一词头上。信仰好似一声模糊的牛鸣。当我对周围的事物感到满意时便开始探寻它们的深层含义。你很难从流水中全身而退。仅存彼时，甚至能看到完满的暮色。我想用一种满怀希望的口气来说“希望渺茫”，就像一个人说“求爱无望”时的实际意为“大有希望”。每当我陷入纷争烦扰，内心是不愿让人不安，不愿造成隔阂的。恐惧对抗结晶体。小摆设小玩意

是为那些逛商店的人准备的。有种不安在蠢蠢欲动，虽不至让人疲乏，让人厌烦的程度却有过之而无不及。我躺回床上，为了不和朋友道别而假装睡去，和离别时的那句“告辞”玩起了捉迷藏。我感觉读到的人生比自己的更加真实，可我似乎仍比那撰写这些人生的人来得真切。阳光照耀的冬日依旧阴冷稀薄，严寒冰冻了山冈和泥洼中的碎石，却没能冻住康克德河岸的情色沼泽。我们和自己的真实所感渐行渐远。可他冷漠依旧，依旧只谈论他所熟知的话题。落成的纪念碑上肉眼难辨却又真实存在的小细节。通过双手，用钩子和线合二为一。Poco Bueno (雄马名，西班牙语，“棒极了”之意）戴着马鞍以站立姿态被埋葬了。为名誉和其他利益做事是自私自利，但若为了自己的开心愉悦便无可厚非。人们可能会和可怜的意大利人一起做志愿工作。至少我们还能解开那些金钱所带来的谜团，起码他是这么说的。似乎我们还未启程，却已到达终点。记忆是我课堂上的筹码。好大的“一堆”记忆！多么美好的一桩生意！矮小的卷心菜不断努力着，花园里的芜菁渴望化身为人。你懂的，就是这档子事。现有制度背叛了我们，或者说，是一个“囚笼”背叛了我们。操控我的是加减乘除和不断增加的心瘾。我在马蹄莲中找到了1美分。

## 十九 这种替代改变了幻想，而这就是最好的安排

鸟儿一遍又一遍地说，这棵树，就是我的枝干、我的种子、我的虫子。它就是这么告诉我的。我示意它们尽可能地保持安静。我想就是从那时起，我开始对科学有了兴趣。那是描绘真诚的基础吗？我是一块碎片，一块意味着破裂的碎片。我极认真地在考虑着、审视着我对碎片的喜爱。然而那只是个巧合。1美分的唱片，更珍贵的是1美元的唱片。她的头发是草编床架的颜色。我们对自己的专业技能倍感自豪，我们能将成熟的玉米穗和未成熟的玉米穗区分开来，也能相当专业地分辨出雌雄穗子：黄油和糖，乡村绅士，蜂蜜奶油，白银皇后。夜色中那条年久失修的泥巴路已被翻了个底朝天，裂成土块和隘谷或是土块和泥沟；走在其上，头顶上的树里传来嘈杂之声。所以我选择折返。这些话为我在棕黄大地上提供一方住处。一次停顿，一朵玫瑰，还有笔端之事。当我还是个孩童时，邮递员汤米带着我们沿他送信的道路一直走，直到繁忙的街市，然后便牵着他的狗送我们回家。星星是和天空一起被研究的，他还说道，星星洁白，低悬，如同石块一般沉重。它十分真诚，却又不是全心全意的真诚。这让我难以答复。我不是在领路，而是在逃离那些无休无止的索求。对露营者来说，我是他们的资深顾问，因为我可以让他们得到片刻的休憩。但我却沉浸在对独居独处的狂热追求中。在如此炎热的一天里，这样被“灼烧”的一天里，风可是帮上了大忙。一场棒球赛正

在进行的同时一架飞机从它的上空飞过。飞机的轰鸣声被棒球粉丝们手中的晶体管收音机放大。别人离去后，他依然选择留下。一部分人选择相信，更多的人被深深吸引。活蹦乱跳的鸟儿比空气要沉重得多。她露出了左侧脸庞，好看的那面，身后的阳光在她脸庞背面投下倒影。所有摄影师都会告诉你同样的事。我在找一个小手镜。夏夜通过一种反射系统——那个脸上带着购物的兴奋的男子——注视着那些只逛不买的橱窗购物者。你很难从流水中全身而退。一整个夏天我都在做登山导游，跟在我身后的是一群咯咯傻笑的女孩，她们笑着总统的失势。他一旦开始打折优惠，我就开始紧张不安。不过相对来说，选择这份工作可能比当一名欲火焚身的老医生要明智得多。我在他书里的每一页写下自己的名字。一个饰有彩带的名字。他们过去是前卫派的领导人，可现在的他们只渴望被人理解，既然这样那就只好和他们永别了。要是上完大学后还没结婚，我大概就会孑然一人，孤独终老了吧。如此这般，要么被鄙视，要么求理解，做这样一个二选一的选择题的必要性便凸显出来，也很难回头。我们只能理解早已知晓的事。火鸡是种傻傻的鸟。那所谓的意味深长是配不上太多赞扬的。但还有一种独立自主的品质，一种自给自足的品质，那便是快乐。难道快乐足以和鲜艳的色彩、外来的名声、财富或美貌相比的吗?!（人们总能从几个毫不相关的条目中找到某种联系）。两片嘴唇像是双手鼓掌般激烈碰撞。排队洗衣服的人和晾晒的衣服相成纵列。森林里一片叶子从一棵倒挂金钟上缓缓飘落。无数的圆形巨石向上空不断滑翔。

## 二十 喝咖啡的人欣喜地回应道

街道上漫步着慵懒而又无所事事的人们。然而那些兴致高昂的悲观主义者总是试图融入一个崩坏的世界。这个世界难以避免要成为那个崩坏的样子，没人能改变这一点。我总是闭上左眼，用右眼凝视着灯火通明的街道。教育最终能够给我们带来些东西，那究竟会是什么呢？一次停顿，一朵玫瑰，还有笔端之事。那些绿色的倒影让红色更加醒目、令人眼花缭乱。那可不是什么望远镜，我的肚皮上也没有什么星星。这种替代改变了幻想，而这就是最好的安排。漫步在那棕色山丘上的已不再是步履蹒跚的耕牛，而是川流不息的车辆。本是四处迁徙的房屋扎根路边，他们是从圣克拉拉市附近的山谷中得来的这个名号。我们都是和它一起长大的。如果有些许的私人感情掺杂其中，我猜那大概是一种浮躁吧。大学是一所文化贸易市场，但在周日，她会试图去感受不同的教堂。博物馆中人们的注意力从一幅又一幅画上来回游荡，让瞪圆了眼睛的人去单纯地关注一件作品是不可能的。硕大的青蝇嗡嗡叫嚷着“我在这呢，我在这呢”，一场噩梦也由此而生。车马所不能及之处便是捷径。当公交车上的一位年轻人给我的祖父让座时，他才不禁感叹韶华易逝，自己早已不再年轻。一个人的旅行，可能会“迎头撞上”一场风暴。鞋子要好好穿在脚上。对于我们这些独爱“找刺激”的人来说，麦当劳是世界上最大的牛眼珠购买商。他们带着臂章，手握弓箭向干草堆中开火。水波不兴，或者说“溢水”不兴。横贯，瞭望，停息。他有一双艺术家才能拥有的手。潘尼洛普把斜纹布重新织了一遍。欧洲人握手要比美国人频繁得多，可我不觉得那样的接触能称得上是“大胆的碰撞”。为了能好好完成工作，我竭力控制着，不让自己接电话。所谓记忆，并非让人牵肠挂肚。时间慢慢蚕食着那原本清晰明了的记忆，让它变得支离破碎。把它拆成一个个单独的单词，再将其重新组合起来。所以当我们走进商店购物，片刻之后，就有阵阵女低音传出。想想书中所描绘的时间，或许那才是人生真正意义上的时间。我怡然自得，享受着爱的沐浴。我深知那是一种浪漫主义精神。她钻进了“我还差得远呢”的牛角尖，抓着我们一遍遍地道歉。朝那辆装满了货物的半挂车喊“倒车、倒车，好了”。那是一座高大的三层公寓建筑，公寓的布局就像是一个抽屉柜里的抽屉，而且只在公寓的前后两面有窗。要是用我们纳税人的钱买些实际有用的东西，我还不会太在意。她丢掉了外套，脱掉了裙子。要听明白她母亲在水槽边洗刷的哗哗声并不是件难事，那声音有时让人舒心，有时则是一串责骂。你要给那些一直野蛮生长到小鸟挂钟上的常春藤浇水。清晨已经过去，太阳依旧挂在头顶，挥洒的阳光也更加灿烂。学习绘画的过程让人精疲力竭，大海也似乎不愿停下它扩张的脚步——这是我引用的丁托列托（16 世纪威尼斯画派著名画家）的话。新生的草木细枝便是阳光呼唤的杰作。草原能成为爱的海洋吗？无花果让我觉得它和肾脏是对孪生兄弟。

# 二十一 我们不会忘记狂人所表现出的耐心

## ——他们对细节的钟爱

夏日的乡村，有着残缺干燥的浑圆山丘的乡村，让我想起了那只血统不纯的黄色小狗，甚至都快成为一个脏乱的标志了。山丘表面满是灰土的颜色而非青草的绿色，不过这对于我来说才是真正的乡村。我曾把拓荒者的生活理想化，而这种生活早已在我心底扎了根。因跳蚤而闻名遐迩。一个人能够触碰到其有血有肉的秘密，其美如玫瑰的行为。(1) 测量所有的土地；(2) 草坪和便笺；(3) 如何跟踪影子；(4) 点亮灯火。人们不知可以拿什么给一位年轻女子。船工把船停泊成列。他们没能听到哪怕一个字，像那羽翼丰满的小鸟浮游岸边。往大了说，这使得他们卷入担忧之中，被赋予1000个新名字。用蕾丝窗帘（模仿中产阶级）的爱尔兰人总会对周围的黑人心生厌恶。喝咖啡的人欣喜地回应道。我们审视着这座公寓，最后决定买下它。空间大，邻居少。第13779号想法：相同的人们有着相同的痴狂。对于我们这些独爱“找刺激”的人来说，哪怕只是一丁点儿新知识也意味着更多的无知。那是岩石和空虚带来的狂喜。一个人总有这样那样的小瑕疵、小缺点，比如跛行，比如斜视，然而正是这些不足让人痴迷，因为它们既浪漫又软弱。不情不愿。我把从西尔斯连锁店买来的各色粗麻布做成窗帘，将它们挂在绿色公寓的四个窗户上。几个月前我参加了一个创意写作课程，而现在的我却在一个 3×3 的画布上画画，在那张图上我用几条横切的线画出带头发的脑袋、脖子、肩膀还有帽子，但都没描影。图纸边缘零零散散的空白处，被我用悉心调制的颜料填充上了不同的色调。那一年四处充满了挽歌的凄凉音调，我深知这些都是弗洛伊德式的悲鸣。顺着检修孔下去，通过管道，来到那片神秘的海域。虽然食品储藏室里扑面而来的多是刺鼻的调料味而非香草味，尤以肉豆蔻味道最为强烈，但厨房本身闻起来就有它所烹制的所有材料的味道，不过可能只是因为里头黑漆漆的才给人留下了错觉。无数的卵石形成紧凑密集的石堆。如果剪掉你的手指甲，它们还会再次长出来，变得厚实而不锋利，像男人的指甲一样。片刻过后，他说我们应该打扫打扫屋子。有五只小猫藏在车子底下。他们修公路时设置了一些弯道，是让开车的司机保持清醒警觉。最明显的相似与音乐有关，音乐超越了由数字填充的空间。她把小提琴在钢琴上使劲地来回移动。每天晚饭前我父母都会在“书房”闲聊一会儿，母亲都是边说话边设计、编织一款款称之为“提花技法”的法式毛衣。家雀是一种织巢鸟。前门钥匙被藏在龙舌兰花下。也不知那位艺术家是怎么想的才会把它放在外面。这种替代改变了幻想，而这就是最好的安排。现在的我想精心挑选一个质量上乘的哈密瓜简直轻而易举，不用再去戳戳瓜茎部分的果肉，如今需要做的就是拿鼻子闻一闻。有些时候，饥饿会给人带来一种异乎寻常的快感。不用爆粗口只需张开双臂拥抱就好。我母亲把那些让人多愁善感的小物件全部丢掉，我称为之“被记录下的愚蠢清单”。参考书的存在总会让人难以集中注意力，一个饰有彩带的名字。那天是父亲节，一个没有多少人会认真对待的节日，然而还是有人说他打算在那天晚上给父亲打电话，另一个说她也是。那些鸟儿会说些什么呢？那天有风却感受不到空气的存在，因为我们早已身处其中。之后，在给图书馆的旅游类书籍编目录时，我疯狂地希望书中的全景图应该是真实的描述。是不是粉色分外美。

## 二十二　论证总是从两个方面展开

我醒来和醒着的地方，在装修了墙壁的房间里，落寞的，我有我的书桌，那也是我的角落。正在等待的时候，华尔兹响起。我们穿的靴子的鞋底很薄，但我们的脚底长得厚实。“他提出观点”和“他们在争吵”的区别。我仍旧会想起那一学年，下课铃声和劳动节后燥热的星期三早上。生理学家必须远离哲学家吗？我们不会忘记狂人所表现出的耐心——他们对细节的钟爱。清晨一缕转瞬即逝的微风是一天中第一个可以感知到的迹象，坐在高高的树上，银光闪烁，绿叶摇曳，小鸟从树枝间飞过，这些忽闪忽现的身影洒下干皱的种子，烟从采石场升起——所有这些都是转喻。“争论”是书上写的情节。走向前然后转身回来。唉，子孙后代都会知道西尔斯连锁店。对于我们这些独爱“找刺激”的人来说，有阻挡旋风的围墙。在不远处，或许就被遮盖在了地上。她边说边比画着手指，高谈阔论她的奇思妙想，简直精彩至极。也许，那只是个巧合。因为，就像尼采说的，“如果一个人有个性，他就会一次次有相同的体验”。在早上 8 点，我第一次感受到可怕的千篇一律。一便士一把刀。坦诚是对详审的高定位。我厌倦了一些想法，或者，是疲于思考，思考先是使我振奋，继而使我感到困倦，所以就像一个人散了一早上的步，回家后不知道是喝点咖啡还是去睡个回笼觉。罕见地不与人交往。千母草也很好。有人打电话来就告诉他我不在家。我喜欢那样做，在卡车里给玩偶们腾出空间，透过窗户看着她们。这是远离虚假做作的事物的借口。令人遗憾的凌乱的一堆，但乱中有序。歪歪扭扭的棋子组成一个美丽女人的肖像，她戴着一顶有点赭色和棕色的帽子。小狗休息前围着几只飞蛾转圈。让车流通过。因为在休假，所以他们感到非常无聊。有人不管在哪里，总是想要永远离开那儿，但最终却一头扎进了海湾。母亲打来电话提醒我们要注意避免发生这样的意外。一棵被涂鸦的干枯粗糙的树。牛奶属于神话集里的猫，但它让猫生病了。我们的是一个长癣的流浪猫。每年的那个晚上，在波士顿的灯塔山，窗帘低垂，人们偷偷往里看。因为不想被晒得像浣熊一样，所以我没戴墨镜。现在需要遮阳了。好像毕竟我不想要一个空洞的毫无感情的生日。强迫买家以获得利润。阻止我的决心的最大敌人是宿命论，调节和限定一天的事情和下一件事情的范围和等级。我从达尔文、弗洛伊德和马克思那懂得了这些。不是分离是转喻。时间持续。语言留下了足迹。

## 二十三　要坐下的地方有沙土，我从不会把它们拂去

这个世界不小，但是有许多方法把它分解成一个个小块。论证总是从两个方面展开。我用一样多的想法使自己的理性形成一个个同轴圆。蜜蜂采蜜的花儿，小鸟捉食的浆果。雨花烟火。此情此景有种似曾相识的错觉。似乎就是这样。我们必须好好工作来保持好心情。我的父母抱怨那个楼梯走廊是一种空间浪费，磨损的有玫瑰图案的地毯铺过的空间有四扇窗和两扇门，他们不希望它被移走。想象成收获前的田野，或者更好。对于我们这些独爱“找刺激”的人来说，生活与人类是有联系的。信仰好似一声模糊的牛鸣，是一场关于菠菜和藤树的游戏。理想的镇子，傍水，房子的阳台上，悬挂着花。花园里的蜗牛可以食用。他们可以改变距离却不能改变时间。的确，如果我们继续进行抽象思考。我在巴特沃斯太太牌（美国配料品牌）杯子里培育绿青鳕。她露出了左侧脸庞，好看的那面。我们公寓有后楼梯，还有一根架在停车场上的晾衣绳。请记住那些忍饥挨饿的亚美尼亚人，弱小的孤儿，遭殴打的狗，还有那些失去生命的、无能为力的、无关紧要的人们。这本内容丰富的自传被水平地划分开。巴特沃斯太太无关种族。我怀孕了，需要一把摇椅。随风摇曳的树顶上飞过一大群呱呱大叫的乌鸦。挂在绳子上的T恤来回摆动，像那海岸边羽翼丰满的小鸟。当我听到摩托车和飞机的轰鸣声，我哭了，因为“大自然被破坏了”，这是过得多么愚蠢的一个小时啊。银行出

纳员在给你钱之前不会待见你。在美国的购物中心里，意大利餐厅散发着帕尔玛干酪的臭味。我步行来到这家商店，听着无聊的穆扎克背景音乐。这音乐完全是相同的拍子，只不过是被极短的时间隔开了。大海发出不规律的嘘声。——我想更准确些，但还是无法用言语描绘出这些声音——它间或发出隆隆的声音。这种问题听上去就像维特根斯坦哲学问题。厨房的左边抽屉里装着二次折叠的棕色的双倍加强型纸袋，上面标志着红色的超市名称。肖蒂（Shorty）超市。超洁（美国公司名）店里的架上有几只胆大的老鼠。当真空清洁器的销售员“上门”示范时，我们先是咯咯地笑，然后忍不住大声地笑起来。把葡萄放在上下颚间用力，噗的一声，吐出绿色的葡萄籽。那些硬硬的白色沙粒原来是跳蚤的卵。青春期，还没有长大。在这，有谁耐心地承受着他，就像一匹高大的栗色驮马忍受落在背上的小鸟。散文是道具。新手没有韵律感，因为韵律需要反复重复。教育的狂欢。参与那场运动的任何人都必须对它的失败负责。后窗面朝垃圾堆。不是门廊，是阳台。

## 二十四　小狗做不到，当然了，鹦鹉也做不到

工作是生活的一部分。你用光洁雪花石膏以假乱真代替鸡蛋。想象着小鸟如何出现，污雪里的树木多么显眼。公寓楼圈占着一整个小城区，我们就住在三楼的上隅角，从洗衣房的门廊处，我们这些忙着洗衣的妈妈们，可以一眼望到下面被大楼的四面环绕而成的长方形场地，这是住户们的停车场，那里有一群孩子在玩耍——或是扭打成一团——为了劝架，妈妈们在门廊上喊着安抚着孩子们，也安抚着她们彼此。泥土开裂，到了小蝌蚪变成青蛙的最后关头。就在天色渐暗之时，伴着婴儿的啼哭。那段时间，我一直错误地以为科学与想象是相悖的。这使我错过了许多知识。永恒的拉丁式爱情让一切封存。现在，时代已变，公园里带小孩的男人多了。要坐下的地方有沙土，我从不会把它们拂去。转头向窗外远眺，阳光下的黄色卡车吸引了我的注意力。黑与白不是颜色，而变成了油墨和涂料。他们不关心人们的情感剧变，而对人们古怪的行为感兴趣。他们要在今夜读书。酶参与消化作用，这就是为什么我们只吃牛肉不吃草的原因。他曾认为不同种族通婚所生的孩子会有黑白杂斑。隔壁的喧闹声从门和地板传来。他不在家我反而喜欢想他，不过我也能在房间里一个人清静清静。脑中有了灵感。一次停顿，一朵玫瑰，还有笔端之事——一个修改的范例。在这停顿里，有他更低沉的声音。铺上地毯。一个逼真的半人半马怪物闪现在但丁脑海里，它慢跑着，但丁亲眼看

到了。我承认，我拒绝在演奏国歌时站起来时，仍然让我感到有些不安。那个水手在朝阳中来来回回十次了，制作了木制金鱼。孩子出生时，我失去了自我的价值，我向他投降，从那以后，他就变成了唯一。“基本色散，”他说，“没有喷嘴。”喝咖啡的人欣喜地回应道，把杯子重重地放在桌子上。如何将人与准则区分开。诗歌和散文的积极辩证。美好的时间很短暂，过得很快。低矮的方形咖啡桌上有一个明信片展架。问题很多，回答很少，提出问题的过程，就是这些话在头脑中经过的地方。比如，我记得那件有红色滚边的蓝色大衣，但我不记得我穿过这件衣服。公园的长椅绿蒙蒙的，被来来往往在此歇息的人坐得油光发亮。邻居坚持说，孩子们美好的笑容是“独一无二的能源”。葡萄干，奶酪，日本人。我把反公约的内容用到厨房烹饪的世界。小气得连加热开关都不拧开。一件事紧挨着另一件事，或者一件事之后又发生另一件事，X 乘以 Y，Y 除以 X，X 与你相加。说话斟酌再三。太阳出来了，所以得洗衣服了。小小的涟漪形成波浪。永恒——或速率。

## 二十五　对我们来说最大的刺激莫过于成为那个讲述者

小狗做不到，当然了，鹦鹉也做不到。没有人可以反问别人。我们只有先知道它们的名字才能认识零落的岩石。曾有这样的记载：吹走一片沙漠，需要 16 天零 4 个小时。他躺在太阳下，丑陋黝黑的皮肤晒得更加黝黑。小罐子里装着嘉宝婴儿食品。沙特尔市的窗户外，荒无一物，光线五彩斑驳。接着是一扇窗。北斗七星和船首间。一次停顿，一朵玫瑰，还有笔端之事，用我们并不缺乏的有机螺旋。早上，天空是淡紫色接近紫褐色的。玫瑰的象征依赖的是其纯净的颜色。步入老年，她更以智慧而非美貌闻名于世，她还穿着已经过时的衣服。她问我们在她出生时给她起了什么其他的名字，还问如果她是个男孩，会叫什么名字。男人们在谈论体育时，我们也希望有一个谈论的话题。红色的玫瑰一点黄颜色都不掺杂。换句话说，产生了争议。我们“在旅途中”，就好像“旅途”成了交通工具。后来我想去吉维尼（法国小镇），看看莫奈花园。我还可以奔跑，飞驰。某种程度上，那所见所闻，与其去感受，不如行动。最明显的相似与音乐有关。格列高利圣咏音乐会，在音乐声震天的博物馆中世纪区举办。店员聚集在门口，努力做生意。受到惊吓的愚笨的孩子。想要更好地繁殖下一代，蚊子必须饱食人血。无法从政坛脱身。你不能仅因清楚过剩品是一种残酷无情而装作不会后悔。玫瑰的象征是它身上的刺。那多多少少会更难错过。一个晚上的时间，我完成了一周的写作。我们不需要考虑做饭问题，因为常被邀请到外面吃饭。我反抗自己建造的世界，撤回到身边的经验主义世界。小狗沐浴在阳光下，不是太阳下。无所谓有几条腿，反正比汽车的轮子多。空气中的微粒是虫子。昆虫学的知识已被记录下来。回想我的童年，我对其他事情记忆犹深却不怎么记得我自己，但是每当想起更晚时间发生的事情时，我却什么都记得。准时，甚至提前到，但我发现在这儿无事可做。做不到与人真心称兄道弟，但在响声爆满节奏超强的音乐声中，我跟着节奏摇摆。天干气燥，眼睛变得干涩。起风了，小鸟飞走了。在海天相接处，视野无比开阔。在光影中摇摆，海中怪兽和母马的海浪就是小海豹和小牝马。想象一下吧：永远不会晦涩难懂、莫名其妙！

# 二十六　辛勤耕作方能吃饱喝足

昨夜，在梦中，我游到湖底，又使劲挣脱泥泞，迅速游至水面，接着冲出水面八或十英尺之高。我由于怀孕没能参加示威游行；然而，虽没有亲自参加这一革命行动，也体验了一把行动的变革性。历史拥抱世界。缪斯女神只是些小女人罢了。在一定程度上，每句话都应该是一个完整的故事。你很难从流水中全身而退，把小卵石被水流冲到岸边。他是色盲，分不清那些卵石是棕色还是绿色。“跟我走吧”，浪漫说着这样的情话，但却没说从哪里走，往何处去。作家的回归线。我们来聆听秋日最后的蛙鸣吧。几分钟完成的段落描述了我无法做到的事情。你不知道事情的可能性有多大，它永远有待被发现。信仰好似一声模糊的牛鸣。彼时，永恒的拉丁式爱情让一切封存。当你说他们在读同一本书，意思是读同一内容的不同抄本还是他们轮流读同一本抄本。同一个月亮今晚照亮我的爱。在这种寒冷中点燃一堆炉火会怎样。初春的清晨，前门楼梯，阳光照耀着红砖房，我们坐在那里摇着婴儿的摇篮，让学步的幼童远离马路边。在布满灰尘的洗衣房门廊，一只美丽的鸽子，真的很像温和的和平鸽，孵下一颗鸽子蛋，终于鸽子蛋孵出了幼鸟，这只可憎的鸟妈妈却把它吃掉了。等上飞机去了解下别地的情况吧。水鸫不是在水面上飞就是在水下面游。小狗做不到，当然了，鹦鹉也做不到。一个邻居用推车推着小狗，在狗狗大便后用纸巾给它们擦擦屁股。曾经令人萎靡不振的浪漫故事变成了笑柄。但有时——我想是因为所有这一切行为，而不是尽管有了所有这一切行为——我感到了安宁，像个孩童般，研究那些不规则的、有些粗制滥造的厨房瓷砖图案，并高兴地让自己试着找到图案重复的地方。手指迅速伸进锅里测试水温。反复提醒什么时候自己说什么。你可进行详细描述。绿植，昆虫，还有雨。C之后，I之前，除掉E。不可或缺。看上去不真实的事情不会发生。不用马鞍的骑手踩着马蹬跃过一匹匹浑身沾满污泥的马。这种替代改变了幻想，而这就是最好的安排。在摇滚乐中加入了更多的民俗音乐。街上的和山丘上的排水沟开着，尽管下着雨，我们也要去那山上看看困在海上的那一艘艘船。双手，口袋，湿漉漉的枫树叶子使脚下路变得更厚。叶子或许会像我一样，会回来，但我会带着一个乞讨的流浪儿。自大单纯的年轻人。他们选不出一个领导者。“变体”是个比较级名词，隐含着复数形式——包含着许多东西。一位好母亲应该生更多的孩子。无法抚平的嫉妒感泄露了她的爱。送给你，连翘花。我瓶子里的青草。

# 二十七　时光荏苒，却从不乏趣事

有时候在这儿，有时候在那儿，所经之事没有什么秩序，语言也就变得没那么有逻辑了。读书时我往往会同时读几本，通常是三本吧；如果看得够快，读的本数也会多些。夜色中的打字机显得很古雅。每当暴风雨来临时，天空中的蓝色都像水蒸气一般慢慢消散了，仅留下一片苍白的阴影。既然镜子是平的，那为什么镜子中的映像不是平的呢？抑或是奶油倾倒过来又会怎样呢？在我们还都是孩子，享受着整天无忧无虑的时光时，父亲曾提议一起去野营；但当我们真正到了外面，天黑后他却有些害怕了。我还想记起更多更多，想或多或少地记起它们发生时最真实的样子。似乎我们还未启程，却已到达终点。即使是癌症却鲜有人提起。一个饰有彩带的名字。“一切都会变好的”也不再能引起人们的心理波动了。蛇不能真正卷得像圆环一样，蜜蜂也不会完全依靠采蜜来养育后代。我们把孩子们带到公园玩耍，来让他们“撒撒欢儿”，我的朋友说：“我们根本没必要从那间小公寓搬出来，因为即使我有一套40个房间的大屋子，我和孩子们也会在厨房里待着，而余下的39间也是白白空着。”冷藏库。在他们手工制作蜡烛及肥皂的那段日子里，我们和自己的真实所感渐行渐远。在午夜，巨大的蜡烛环绕在铜管乐队四周。千言万语终于有了表达之法，反之，千头万绪也得以抒发。我反复思索，却也记不起那人的名字，我们暂且叫那位女士阿瑟拉姆吧，她总是会断然拒绝一些观点，比如说窗户是在房间的角落里的，之后却又会重新接受那些观点。之后，便是爱情了，战争斑驳的阴影带走了情人间的浓情蜜意。这可以说得上是一个巨大的美学发现吗？湿润的空气仿佛能使树木都安静下来。我也必须承认，运作中的推土机有一种独特的美。在毕彻大街（英国伦敦一街道名）上，我们边走边欣赏着那三株高大美丽的山毛榉树，它们沿路而种而不是集中地种在一起。那个种着苹果树的角落在哪儿呢？当树叶逐渐变黄时，红红绿绿的苹果便会缀在枝头。人们都会把双腿摇来摇去。辛勤耕作方能吃饱喝足。用词的相似会赋予这种词汇以相同的情感吗？所有的孩子都被要求远离雨中的水坑和泥洼，而我的毛孩子们此时正坐在水里。如果你自己挖一口水井的话，你便可以尽享水之甘甜。什么都不想要但却对土豆情有独钟。我的婆婆不喜欢我们把自己的孩子叫作“毛孩子”，她觉得毛孩子是一个不雅的词，是指山羊，所以坚持让我们用“孩子们”来称呼或者直接叫他们的名字。如果我是炼金术士帕拉赛尔苏斯的话，我会让自己变成一个小矮人。每个死去的人都会有一只白眼。这样，那些闲话也就不奏效了。农民们是害怕那些流言蜚语的。如果我们要恰如其分地用语言来表达他们的所作所为的话，那我们准会被关进高墙四立的监狱里。对于我们这些独爱“找刺激”的人来说，如同长时间放在浴缸里的鸡蛋一样，包裹在外面的壁垒会越来越厚。寒冷的风夹杂着雨和雪却也暗含着从深海中传来的清冽气息。突然间，松林中的鸟儿倏地都向着一个方向飞去。灯光笼罩着大地并将其点亮。一次停顿，一朵玫瑰，还有笔端之事。透过那块菱形海玻璃，随波而去。但等待依旧是他所暗藏之意。

## 二十八　正直，神秘，又值得人尊敬

这个冬天将永不复还，而以后的任何一个冬天也不会如此这般。在收音机里，我听到主持人将肖邦的《夜曲》介绍为由当今为数不多的几个不朽名家所作的曲目。我想扶着我父亲爬上这所有的阶梯。但以往与他争执的点滴似乎都已经在慢慢消散了，人生的故事也在一点一滴地发展着。一位步履蹒跚的老人正停在路边微笑地看着那摇摇晃晃刚学会走路的孩子。在色彩中总会暗含着阴影，有阴暗面也有不为人知的另一面，万物都有着自身内在的黑暗。清晨，年轻的姑娘们整齐地坐在公寓前的三层台阶上，像是活动平台上合唱队的男孩儿一般。每一幅画都像是对世界单一角度的反映。栅栏就像是一条与外界的隔离带，可以帮人保守秘密，带来自信。当我把冲动描述成麻木时，我所想的并不是别人勉强提供给我的舒心而是一种由心而发且无法解释的责任感。当我开始学习读书时，我在他书里的每一页写下自己的名字。月桂树会在水源附近生长，因此在干旱的地方，它就如同水源的指向标一般，在湿润的土地里扎根生长。我们最想要的就是让一些开始后依旧值得继续做的事永久地保留下来，这样便可以规避风险。一个人的旅行，可能“迎头撞上”一场风暴。我立刻作出了反应，准时到达了我们约会的地点。存着以防不时之需。夜色朦胧。牛奶从绘有人物肖像的碗里洒落。我依旧迷茫，未来的面纱似乎永远也不会被揭开。《纽约时报》每天都会作出报道，声称新时代的卫星已经能够覆盖整个美国了。已经打碎的东西不知要被带去何地，亦不知何人会将它带走。但即使出嫁随他人之姓也无法保全一生的安逸。在楼下却是另一番奇异风景——一位秘鲁商人身穿条纹套装，看起来有一点运动风的感觉；他有一位结婚多年的残疾妻子，时常会遭受癫痫的折磨；他们有一个胖胖的女儿，会在每天下午开班教授钢琴，而在每天晚上，她都会打电话询问我是否会为他母亲犯病时的噪音所打扰，并邀请我去家里喝茶，对此我总是很难推辞。人们的活动总是相互联系的，而思想也会因此相连。在喜剧中，最终总会是大团圆结局，主角会走进婚姻的殿堂，从此过着向往已久的生活。独木舟在鸭群中飘摇着。辛勤耕作方能吃饱喝足。回顾诸如兄弟姐妹突然从门后跳出，我们之前可能会用惊喜来形容，而现在却会感到有些悲伤了。过于急躁的我可能会马上扬长而去吧。而我对于这个世界认知的程度还依然很受限制。它们既不属于这儿也不属于那儿，这些无根的水生植物看似漂浮在水面实则沉游在水下，看似沉重，又看似轻松，正因如此方能恣意漂浮，漠视循规蹈矩。我们都挤在一辆车里，朋友们都说小脚趾都快挤掉了。给予一件事物或一个想法以意义最恰当的方式就是好好描述他们的结局。这种方式同样适用于没太多附加言语掺杂其中的音乐。所有关于独角兽的描述都太过玄幻了吧，是不是。也许有许多时候，我们打开窗户让月光投射进来。在黑夜中我们来到草坪上看卫星划过，而转瞬，4 年已经过去了。在万物都归于黑暗之前，总会有一个渐暗的过程。街边开满了各种杂货店，坐在腿上的婴儿小手张开，转眼 50 年已然消逝，曾经的婴儿已长大，但时间多少会给我们一些补偿吧，至少我们能收获一丝宽慰。所有的反思都很深奥，都有深度。似乎我们还未启程，却已到达终点。他举起了双手。之后，死亡对我来说如同一个人的前世一般难以捉摸，虽然前世并没有如死亡那样真切。死亡会以一种伪装的方式，以一种顺从的姿态或是以惊喜的样子出现吗？“我该作出怎样的选择呢？这些事情曾经在我的脑海中异常美好，而如今在我看来全都一样。”他这样回答道。

## 二十九 我们仍坚信生活满含快乐的种子

清晨打开窗户，微风扑面而来，空气中夹杂着丁香的香甜以及灌木的清新，耳边传来鸟儿的啼啭。置身其中，如果你心无杂念，那么美好自然也就默默萌发了。艺术，同样，相互连接。我正在构思着一个想法，但脑海中却充满了矛盾冲突。也许，总有那么一次，每个人都曾做过幸运儿。即便下了雨也没有毁掉户外的烧烤，在交通不那么繁忙的时候享受一下后院的静谧时光，到海边散散步看看风景。身体摆脱了束缚，心灵也获得了自由。她在局势最动荡不安的年代来照顾我们的几个孩子，她曾说过梦想着有一天能开枪打死金融区的每个人。那个电话只不过是雷龙身上的一根细微的毛发罢了。喝咖啡的人欣喜地回应道。如果你的狗待在室外的话，那你们肯定也会生跳蚤的。昏昏欲睡时，活动也停止。我时常会梦见我的孩子。我的女儿告诉我，在学校上学时，她会把诗人想象成坐在冰川上并随之一起融化消失的人。这部诗歌描述的事件确定无疑。街道的远方，随微风传来了女高音歌唱家练声时的零星片段。对于我们这些独爱“找刺激”的人来说，钱能生钱，幸运会连着幸运。开着车继续往前赶。阶层背景可不是美妙的风景，即使在 1969 年，依稀间我还是能感觉到不同阶层的人组成的圈子。伫立于今昔，往日的一切都有了时光的痕迹，而唯有战后人们才能真正拥有福祉。从此以后，我不习惯与他人分享我的时间。那个充满了悲伤的房间里的黄色即使在睡梦中也会出现，她在那里等了许多天，心中充满了焦虑和绝望。他们说资产阶级太容易受骗上当了。说他们像水一样单纯，像狗一样忠诚，因此才会被人摆布。但又有谁能想象出一个深陷爱情几近疯狂的男人的样子呢。也许此时分手才是最好的选择吧。一次停顿，一朵玫瑰，还有笔端之事。我可能会退缩但我绝不会放弃。因为欲望总是令人难堪的。沙滩上，两颊绯红。孩子四处张望。不要摘灌木中的黑莓，留在那儿让鸟儿来啄食吧。从远处看，太阳也会显得很小。在他去世后我就没有好好过一个圣诞节了。来势汹汹的暴风雪使得整座城市都臣服了。我对于年幼时的自己来说应该也算一个陌生人吧，甚至连陌生人都算不上。但有关生活的许多事实都必须被搁置在一旁，因为它们很快就会被其他想法替代。你坐在三叶草丛中。默默望去，眼前的一切，那些静静的白色小花之间，似乎都是一样的。大树会在干燥的夜晚吸收水汽。反思不会带来阴影，但忧郁却会。要想了解自然界各种元素的碰撞，就必须先了解自然界中的一切运动，即自然界的历史。他微笑着看着我，眼神始终没有移动，于是，友情便向着爱情的方向发展了。幸运就这样不期而至，它与三叶草无关。

## 三十 宁静生活下的暗潮

摩天大楼里会安置防倾设备，就像树木自然会做出平衡一样。一切都是那么的直接。有时候，我会把注意力从乘车时难以避免的紧张情绪转移到车辆本身上来。如果我想要去读一本书或者为书中描写的某个人物所吸引，就会继续读下去。书中的东西又会有什么性别之分呢？明明又冷又累，却还是舍不得将书放下。当得知你与我阅读着同一本书，翻着同样的书页，斟酌着同样的字句时，这对我并没有什么影响；真正令我感到不同的是你我读着不同的书，脑海中装着各自的大千世界。她似乎把母爱与浪漫混为一谈了，身为人母的她已不再向往浪漫并不足为奇。而我依然学习着如何将有关老爷车的故事讲得有趣。听起来像是小小世界中那个有血有肉的硬汉的故事一样。走出去看看这大千世界中都有些什么。揭开板子，我们会发现泥土中的老鼠洞。有人想要这么一辆自行车，如果你怎么使用它，还是光洁如新。我发现我终究是到了可以全心全意地爱自己父母的年纪。曾经的我们就像那海岸边羽翼丰满的小鸟，在鹬群中稚嫩而笨拙。似乎只有真正探险过，才能够懂得探险这个词的深意，我如今内心的平静安详并不是因为远离我那充满未知与奇异的生活才得到的，相反，我的这些感受全都从生活中来。而我也在之后的俄国之行中深切体会到了这一点：是探险使我获得了内心的平静。当雾气投射出阴影时，感觉到寒冷的人们便会将大衣穿上了。告别舒适的生活扬帆远航。工作与其他的万事万物之间的边界越过之时，我们会期望读者带着刚吸收的思想重新跨一次边界。“关于某事”不单单是对某事的评价。我们不会忘记狂人所表现出的耐心——他们对细节的钟爱。汽车飞驰着，坐在车里的我也在几小时后放松了下来。将迟钝等同于沉默，将沉默等同于无足轻重。我的社交生活渐渐依赖于我的孩子，有了他们我十分满足。一条繁忙的街道上总会充满乐趣。鸟巢是鸟儿的家。现在我们找到了比吃糖解闷儿更好的方式。对于我们这些独爱“找刺激”的人来说，已经有点过时的冰淇淋甜筒要加两个球或者四个球才好。在原创的小圈子里，“爵士乐”竟然被视为不那么高雅的东西了。代词绕开了主题，人们似乎已经习惯了舍本逐末。所谓才华横溢的思想家只因其在学术领域的成就而闻名，无人顾及其成就究竟是不是科学合理的。她露出了左侧脸庞，好看的那面。在银行大门的红线内，有一位戴着橘色帽子的老妇人，她看起来十分不安，拿着拐杖的手也不禁颤抖起来。她已经在银行门口等了一天了。在公交车上，我听到一个女人对另一个女人说：“每天我都会祈祷，希望我不会老得自己都照顾不了自己，结果上帝置之不理。”邻居家的狗时常会此起彼伏地叫个几声，紧跟着消防车也会回应似地响几下。隔阂一旦形成便会逐渐加深。有人来拜访我，但我的心思却只被时间匆匆流逝的事实牵动着。我听说它曾经是一个旧围裙。你很难从流水中全身而退。而他在我脑海中的样子也变得模糊了——逐渐只留下了如嫉妒一般的情感，也许这当中的爱已经流失了吧。“失去”这个词的概念会因知识的增多而逐渐加深。往事要引以为戒，但如今的路还是要自己走。当你坐上座位的一瞬间，它便属于你了。夜里，梦中，家具在移动，似以前的玩偶游戏。

## 三十一 我大声地笑，恰如我的罐子干净得放光

即使孩子们也还记得在贫民窟生活的那一年，饱受生活动荡的威胁，货车上的扬声器招来了小偷。孩子们用黏糊糊的手指拿着鸡肉舔舐。陈词滥调却伴随着哀歌。我们的思维在奔腾的媒介里漂浮。我想摆脱你的束缚，去做一些事情，这些事儿会让你难以忘怀，让你沉浸其中，然后我们便可以拥有彼此，直到永远。当你思考时，时间总是过飞快。分歧开始变得尖锐。最明显的相似与音乐有关。一旦你没有付费那便成了偷窃。你会绕着城市的街区一圈一圈地奔跑吗。有时会期待某种虔诚的虚无，就像在乡村，我为庞大的废弃的酿酒厂所吸引，它是如此的巨大，还能看出被肆意破坏的痕迹，这儿也成了我和小狗一起散步的地方，而我的小狗，时常自己逃离我们所居住的略微装修过的仓库，消失在城市的喧嚣中。这只可怜的小狗成了跳蚤的乐园。并非所有的东西都长在丛林中。玫瑰绽放出层叠的色彩，游泳的人在大海里划出层层涟漪。我知道很多词，但其中的一些我需要反复地学习，长短不等。对于我们这些独爱“找刺激”的人来说，与其说是木头房子倒不如说是一场沉闷的战争。我想再说一遍，和她一起回忆那过去 10 年间领着极低的薪水和意志消沉的日子。让我们来瞧瞧周四的晚上，发生在人群里的浪漫事迹。一言蔽之，那便是——“我们”。此刻我的法语再也派不上用场。她说鸽子是长了羽毛的老鼠。曾任乔治·华盛顿的保镖一个亲戚，身体羸弱，现已归

西。这些消息就像流言飘升空中，现已荡然无存。他们发现出生在同一天。字母表里对称的字母。每一个孩子都是一个真正的人，充满了生机。他们就像那海岸边羽翼丰满的小鸟，注视着当地的旗帜猎猎作响。血中海盐。杯中残滴。镜子将一切打翻。事物的总体形象从作者笔尖自然流露，在故事未完之前，一切都需要作出解释。字典会呈现一种世界观，而双语字典则使其加倍，会呈现两种世界观。社区是一个堡垒，我们开始预测。你耸耸肩，但心中还是有点在意。孩子们用气球做了一个腊肠狗，这个“气球怪兽”突然闯进我的脑海。他看着我的眼睛递给我一杯酒。没有空气的月亮上声音也无法传播。是暴力（violence）还是小提琴（violin）？所谓的家就是墙上的一个个洞口，社会便存在其中。城市里散步时只能通往东西南北四个方向。似乎我们还未启程，却已到达终点，匆匆一瞥那些窗外经过的人，永远不能知道他们经历了什么，也无法了解他们心中的想法。思维气球比言语气球更为轻柔。我们呼吸的空气千差万别，其中包含了轻柔的声音、黑暗、沉默和光。

## 三十二　在此生长的西红柿咸咸的，带着泥土的芳香，鲜美诱人

清晨，百鸟啁啾，然后传来一声雄鸡报鸣。你只是看吧，可别打搅它们的兴致。在乡间，我们尾随着温尼贝戈印第安人，跟着一辆满载沙砾的卡车，细小的透明沙砾时不时地从卡车上飞散，拍打着我们的挡风玻璃。箱子和盒子里满载苹果。花谢结籽的甜菜又回到我长久凝视的那片土地，在那里播种。任何这么想的人都是如此。小舟在柳枝下穿行，木浆，手指般，划过水面，月亮倒映在夜色池塘。穿着草鞋的孩子们饥肠辘辘，缠着父母问什么时候开饭，吃什么。一次停顿，一朵玫瑰，还有笔端之事。这本书如此精彩，我不必读便可了然于心。对我们来说最大的刺激莫过于成为那个“讲述者”，所以一回到家我便让安娜为我们讲述一下缠绕在“大橡树”之间的那条响尾蛇的故事。身体僵直的蛇是不会袭击人的。在漆黑的公园里，树木在季节更替中逐渐老去，树皮皲裂，它们奋力营造出一种超脱于世的氛围，但是这并不容易，他们虚假的热情并没有招致太多的鸟儿栖息在此。用力拖着马倒退着走，浑身沾满灰尘。现在我又多了一丝存在的意义，那便是去北极探索，在那里灿烂的光芒时常会折射冰冷的水滴然后定格在冰层的褶皱里。当 8 月变得如此炎热，以至于咖啡变得浓厚，愈到清晨愈加浓厚，人们便谈论天气，等待下雨。牛仔们驱使着他们的狗去完成使命。言语是声音的另一种表达，例如：“那是一艘

安全的船，永远不会沉没”，“我听到引擎发出奇异的声音”。地面泥泞，暴露在空气中。你不会得肺炎因为你所呼吸的空气是湿润的。要坐下的地方有沙土，我从不会把它们拂去。有这么一个句子：一个人从国道 101 转向国道 261，沿路到达标有 5.73 英里处的地方，有一条右拐的陡峭土路，往上行进 2 英里，直到一个小山丘，这个山丘虽不是山峰的最高点，但此地视野开阔，能把东西两向的风景尽收眼底，然后这个人就在这儿下了车，走过两棵橡树，爬上山顶，再走 1/4 英里，来到不远处的小木屋。我就是这个人。我是个善良的好人吗？喜欢我们探索过的地方。黑暗中的杂音更加具有安全感，更加神秘，让人有一探究竟的念头。移情和责任的差距。过一会儿，你会明白为什么他们以前不愿意安装窗户。天气好坏与否，不重要。阳光倾洒在湖面上，你会看到它纵身投入小河，激起阵阵涟漪，水面熠熠生辉。有只鸟儿在叽叽喳喳地叫着。很难从流水中全身而退。如果现在你眼前有只鸟儿在翱翔，谁还会通过无线电波去欣赏远处大山的秀丽风景。卡车沿着小径上行，因为超载所以爬行缓慢，齿轮发出越来越大的响声。然后往小城方向而去。辛勤耕作方能吃饱喝足。阴影“填满了”田字格的菜垄。有些簌簌之声不绝于耳，那是雪花在飘落吧。她不想继续劳作下去了，但却仍然留了下来。红天气，蓝天气，黄天气，绿天气，春夏秋冬一如既往。你可以看到小雄马鼻孔里喷出的雾气。极度严寒的冬天。为大地披上了一层水晶大衣。

# 三十三　天空总是变幻无穷

事实真相便是如此。在一声“请进”之后，他以大家所期待的样子走了进来。是用一小块旧木头制成的。我不会那么小心翼翼地用锤子敲击。我沉浸在深思中，绞尽脑汁。思考人类的伪善，在这一点上我是真诚的。一个人的产业永远不会污染河流。在此生长的西红柿咸咸的，带着泥土的芳香，鲜美诱人。他不想住在一套所有房间都是正方形的房子里。这算得上是一个有趣的事情。每一块碎片都不是一个断裂的部分而是一个有机的整体。在以前那个 1 英寸位置掐进 1 英寸。每个字都饱含着希望。正如流星在天空划过，狮子在动物园里发出最后的咆哮。你说话时，就是在和语言做游戏。最明显的相似与音乐有关。狂人的行为。狗儿刨土。当期望的事最后真实发生了的时候，总是很有趣。我在门多西诺县买了个小屋，每季度需要支付 89.2 美元，这样一来，我就不用每天早晨 6:45 开车把孩子送到等校车的那条路了，而校车也就不必爬行 2 英里再开到我们等车的那个路边了。我并不害怕黑暗中听那猫头鹰低沉的咕咕声，也不害怕黎明到来时，鸟儿在阳光下啁啾的声音。我每天听到的声音总是新鲜的。我们亲手建造了那座房子，却忘了在里面准备温馨的衣帽间。玫瑰茜草。人们穿衣打扮的方式千变万化，无休无止。她总是害羞，将她的脸藏在她的长发里。我死后，他们还是得为我庆祝一个没有我参加的生日，他们是否多愁善感，与我已毫无意义。马戏团仍然令人激动不已，甚至更甚，因为随着知识日益广博，眼界日益开阔，能更好地欣赏马戏团中大象那漂亮的动作和空中杂技的表演了。春天来临，我的孩子一个 7 岁，一个已经 9 岁了，我们爬上绿色的斜坡，坐在山顶隆起的田埂上欣赏着日落。这是我们家的一项独特活动项目，不知怎么地，我们就谈到了上帝，保罗说外太空是一个终点站，在那里所有的记忆都是一种电子液。所谓记忆，并非让人牵肠挂肚。我们的狗是一条牧羊犬。我看到身披羽毛的啄木鸟，听见它用尖尖的喙击打灰色橡树的声音。这种替代改变了幻想，而这就是最好的安排。他的声音随着表情的改变而变化万千。他的脸就像是盛着声音的盘子。我可以感受到他的想法。对于我们这些独爱“找刺激”的人来说，我把我的爱给予了我的孩子们。她粉红色的脸蛋上总是洋溢着灿烂的微笑。我总是能听见他们在地板上走路的声音。从前是用树篱而不是用墙来遮风挡雨的。有些如水晶般晶莹透明，有些覆盖有一层薄膜，但一瞬间，就像气泡，一直向上漂浮，漂浮。我们就从那儿看着有什么东西降下来，闭合起来；也是从哪儿，我们留心倾听着音乐。大地在春天变绿，但却为季节所束缚。有这样一种比喻，生命是一道风景，生活则是一段旅程，在这段旅程中，时间有限，珍惜每一段时光是明智之举。目标明确，永远不会晚；无须理会别人所言，请继续保持沉默。

## 三十四 以学生生涯开始，却和云成了朋友

后退，往后退；宽阔，更宽阔。同理，艺术离不开对现实的追寻。大陆比大地更大。河流像是一张网编织在半岛上。公园里，公鸡穿过一丛黄色的秋麒麟。我看到一只知更鸟在山脊漫步，岩壁光影交错，时光变得模糊起来。卡车似乎被遗忘，长久地停留。车身锈迹斑斑，显示出季节更迭的痕迹。一个人可能会说，我亲爱的朋友，我无意占有，但是请不要伤害我的树。金盏花、金莲花、金鱼草、须苞石竹、勿忘草、被甜菜、西红柿、生菜、大蒜、豌豆、胡萝卜、小萝卜所取代，但是只有金盏花依然盛开。嗡嗡不停的蜜蜂使人痛苦。我的本能告诉我这些难以名状但又令人期待的现象是好的。对我们来说最大的刺激莫过于成为那个“讲述者”。不需要去看，也不需要亲临，只是听人讲起所有河流的左岸，我就会想到巴黎。奶酪会使人口干舌燥，而洋葱侧会使人口渴难耐。西班牙人会把一个小问题框架化。展台上那个盒子里，圣・塞西莉亚那只戴满戒指的毛绒绒的手指引人神往。那条旧裙子被磨破，撕碎，最终被丢弃。真相永远不会被擦拭掉。时光荏苒，却从不乏趣事。沙特尔（法国的城市）市里的圆花窗比玫瑰本身具有更绚烂的色彩。蛇纹石是愚人的翡翠。它嵌在一块料石上。先前的植物有其最初的色彩，即使是普通的清晨，阳光也是充足的，现在去找寻梦想中的那种状态是不切实际的。然而他坚持说他是一个幸运儿，他的生活满含快乐的种子。事实却恰

恰相反。朝九晚五后他唯一想做的事情就是回家。你有想要工作的冲动吗？你以前过得快乐吗？现在时针正好指向一点钟，但这只是一个巧合，因为这并不令人愉快。爱国者通常会开更大的车。彼时，永恒的拉丁式爱情让一切封存。我们看电影也许会迟到，但是对于孩子们来说我们可是随叫随到。开家长会时，为了表示某种连续性，女人们总会戴上戒指。我数了无数只羊却依然无法入睡。保罗向我讲述了关于时间旅行一个情节，我便问道："他们怎么进入未来呢？"他回答："你在说什么呀？他们只需静静等待，未来自会到来。"所以问题变成了回到过去。我认为相比于那些 8 年来一直重复说一件事的人，我拥有更广泛的兴趣。宝宝有了足够多的牙齿来啃苹果吗？正如我们所知，蜂鸟成天到晚都在歌唱——唧唧，喳喳，咯咯。我曾到过法国，在那人们嘴里蹦出的每个字都像是鸟儿在歌唱。我大声地笑，恰如我的罐子干净得放光。这是一个苹果馅儿的派。读者思想与作者作品的完美结合，会带来极度的喜悦和满足，而不是苦涩。

# 三十五　在雪中小跑时只有一只鞋进了很多雪

任何经历过风暴的水都是洁净可饮用的。伐木工捆好木头，便伸出拇指请求搭便车回家，大约用了一个小时。从西海岸搬到东海岸，又回到西海岸。这让我感到恐惧，但这种恐惧我每天清晨都会经历。我还会想念那片红棕冰桦树。眼见为实。天空总是变幻无穷。拍卖会上有各种的马儿，却不见投标者的身影，因此拍卖师猛敲木槌，不断地喊“过”！他对别人知之甚少，当他们在谈论某人的时候，除非是他提到的名字，否则他根本不知道他正谈论的是谁。现在只有欢迎形式是千篇一律的。鸫鸟振喉高歌，一如蟋蟀通过摩擦它们的足部发出声响。它们搅动着我们呼吸的这片空气。一次停顿，一朵玫瑰，还有笔端之事。在这些常规和约定俗成的习语中，我们只有前进得更快才能打破常规。那晚，在黑暗中移动。牛仔们的腿肚子磨得光亮，一根汗毛也没有。鹈鹕冲破蛋壳，赤裸地来到这个世界。大鸟必须飞得够快，否则纹丝不动。单调的生活总是显得漫长。草地在阳光的照射下微波般荡漾，树叶在微风中变幻着色彩，一切都实实在在地发生着，你心怀感激，兴奋地观赏着面前这一片风景，内心有一种特别而强烈的宁静的感觉。这些天太冷了，几度结冰，寒风凛冽，暴雨击打着大地。转瞬间，草木葱茏，充满生机。我们不会忘记狂人所表现出的耐心——他们对细节的钟爱。暮色苍茫，睁着眼也可以入睡。对我们来说去任何地方都会费神，因此最轻松的莫过于呆在家里。家是这座建筑物吗？待在家里便只能面对着天花板。一旦在路上，我们的眼睛便不得休息，即使是骑手眼睛也需要一直盯着路上的指示线，提防着可能发生在眼前的事情。望向窗外，去看看别人的窗户，到远方去吧，冲破禁锢去领略更广阔的天地，会更有责任担当，会更温文尔雅。夜晚，灯火明灭。白昼来临，黑夜褪去，天空湛蓝。毛毛细雨形成了一层雨雾。记忆从无限的时空中抽离。要坐下的地方有沙土，我从不会把它们拂去。孩子们边舔着雪花，边等着校车，享受寒冷带给他们的乐趣。棕色的行人，白色的杏仁。风筝在狂风中盘旋，它一旦飞上高空，便会乘风翱翔，就像一扇巨大的翅膀。这颗珍贵的石头是蛇纹石。一条碧波荡漾的河流。大雪纷飞，我的心头爬满了愁绪。雪越下越大，愁绪随之加深。这是一只人口聚居的杯子。你或许会发笑，但是纽约之景就如自然狂野的乡村风景，彼此交融，也许它本身并不平静，但是它却时刻释放出一种平静的感觉。

# 三十六　如果窗外一无所有，请去书中寻找万般美好

我把视线从空无一物的窗外收回，一如把自己从纷繁复杂的交际圈中抽离。转身，拿起书，紧握手中。时光如奔腾不息的河流。香甜的草莓 49 个。街道上有个男人从西服外套中伸出胳膊，看看手表。手表显示，两点钟。每当需要用其他语言将我的行为进行解释的时候，我总会低头右看——那时我的头脑才会舒适安然、高效运转。身为译者，必须尽力保留作者所有最有趣的言语。它是人为摆好的图案，还是胡乱堆积的一片片小小的瓦片？抑或是早春的一汪清漪？结束和开始，停车和发动，一辆接一辆的汽车。我和查尔斯一同坐在酒吧间，他背诵了一首艾米莉·迪金森（美国 19 世纪女诗人）的诗，就是那首让她如获新生的诗。在纸上描写一种颜色，有千百种方法。他绕着地下室大步流星地走了大约 10 分钟，揣摩着诗句。心绪简单，感受到的也是幸福喜悦，无他。公园人潮涌动，对狗狗来说可是一场冒险。天生的攀登能手，一只山羊，抵达了山顶，就像鸟儿们自自然然停歇在树梢，或树干的末端。对于一个既定的句子，我可以为其增色，而并非重新改写，在有限的空间里创造新天地，会更有意思。这种替代改变了幻想，而这就是最好的安排。这种措辞用在演讲中也很适合。然而，假如可以，欲言又止岂不更为玄妙。一次停顿，一朵玫瑰，还有笔端之事。我在等待着睡眠，睡在鼓着泡泡的袜子里，而睡眠，也在等着我。窃贼再次光顾，狗也做好了准备，静

待着向那人狂吠——紧张备战，已成习惯。天空总是变幻无穷。我们追随着群星，试图建立一个让人信服的叫作“常识”的星群。我蓄势待发，可我们未及行动，一切已尘埃落定。我从记忆中反复思索，“自我”到底为何物。它不是犬吠，而是忠犬们保卫家园、包围洞穴、让我们回归自我的行为。一串电话号码，就是一条起降跑道。我给鸟儿们准备了种子，它们吃光了，飞走了。控制我情绪阀门的板条，碎落一地。薄暮时分，日落，海岸线被活活掩埋，毫不留情，让人心神不定。要坐下的地方有沙土，我从不会把它们拂去。它们也是朋友吧，一点点变得亲密。邮递员被改称为“邮差”，现在又被叫作“送信员”。我走上那艰难险阻之路，去看那一览无余的世界。其中最顶端、最享受的时刻，便是用手指将柔软的细沙铺展来看。可以说，尘埃是毛茸茸的尘土，是披着毛皮的尘土。我大声地笑，恰如我的罐子干净得放光，哼着无名无调的歌，神清气爽，休息妥当。你正在读的书的境界是什么，你就会相应地得到什么。一个人与其看向窗外，不如静下来嗅嗅书香。我最喜欢的词语里，一个是“鸟儿”，一个是“将要”，如果它们想要飞出去寻找结论，我会看着它们，静待佳音。

# 三十七 如果放弃奔跑，你将一无所有

这座城市中，并无什么美好之事可供欣赏，但雨滴的声音可谓值得聆听。如果“我喜欢听波浪起伏”，如果“我喜欢听他人笑语”。走在街上时，能听到漫画里的那种短小对话。像是“宝贝！宝贝！宝贝！”——再正常不过。如果真有那么一个故事能够完全解释清楚曾经历的事，那就不是什么了不得的故事。最明显的相似与音乐有关，与文字有关。定义，不同于讲讲故事啊，列一些数字啊，拉一张色彩清单啊等等这种描述，而是随着很多因素的变化而成长的，这些因素包括对于事情可能性的界定、对于事件重要性的排列以及个人近几年的经历。于是我放弃了。我只会因我做错事而道歉。我们刚刚搬进新家的时候，左边的邻居一直抱怨我吹萨克斯，但当我们彼此熟识，他们对我们好感倍增，亲切友善。我们制造的萨克斯噪音也成了他们最喜欢我们的东西，因为这刚好证明他们既宽容忍耐又慷慨大方。传递信息的飞机交叉飞过，一如我们彼此关心的话语。玫瑰花丛喜欢沙地吗？地下室的窗户在风中肆虐，“梆梆”地拍打着房间。接着，我的车停在了你的路边。柳条。她轻声唤着，他用鼻音应着。天空总是变幻无穷。我们坐在海滩上，吹着冷风，我尽力让自己保暖。冰凉的双手仿佛有着独特的意味，像是在墓穴前的战栗，勺子放在手上都会抖下去。你很难从流水中全身而退。撤退的海浪像被钩子钩住一般，或者说像勺子形状，残忍离开，毫不留情。音乐家带着其配偶一同前来。源自内心最原始的渴望与冲动。随后，天色已晚，我也即刻返程。回家的路不远也不近。海边的浪花一波又一波，永不停息。习惯中的世界，世界中的话语。繁茂的森林。这倒是提醒了我。此时此刻，时间仿佛放慢了脚步，留出一段距离——海浪，赋予一次停顿，一朵玫瑰，还有笔端之事的海浪。时间差不多了。这些天，我一直忙于店务管理，效果还算满意。在这之前，并没有什么让人开心的，只是偶然。我在自动洗衣店看着烘干机烘衣服，一切都洗净了、烘干了，然后把它们拖回家，才算完美。电视节目内容空洞，实在无聊。如果窗外一无所有，请去书中寻找万般美好。也给那只狗起个名，就叫它“二”吧。幸运之事是，不过分期冀，却得到了想要的东西。于是我在我的愿望清单上，在新实现的愿望旁打了个勾。为了让我的小笨狗安静下来，不要在夜里吠叫，我们大喊：“死去吧！”我们能用眼睛听。希望有片路边的树林，看夜色从树旁边慢慢移过。微风吹拂，几个小时后，停歇，徒步走走。但于我而言，一整个周，我都觉得思想无比冷漠，却在我的脑海中根深蒂固。

# 三十八　这就是知识的韵律

信英语者说英语。正所谓“种什么花，结什么果”。数数、口吃、转调，无一例外。夜里，交通工具圆润的声音偶尔才会响起；而在黎明，汽车的声音婉转，开始颤鸣；太阳升起后，汽车发出轻灵的声音，仿佛所有车辆都插上了翅膀，拍打着飞离远去。尚记得我对自己性格的恐惧，和对遗忘的恐惧非常相似，以至于最微不足道的念头最后会变成一种让人不安的思想，直到我反复将这种恐惧记下来，保存下来，但从某种意义说，这种方法也让恐惧消失了。有些情感，像是从脊椎中抽离，结石般提醒着你，让你疼痛；又像是问题，复杂难解，在脑海中驱之不散。顺着三角形的斜边爬啊爬啊，攀上了帝国大厦的顶端。随后，似是巧合一般，唯美主义者们在此汇聚。任何人，如果能相信它，就会揭露它，也会隐瞒它；如果能隐瞒它，揭露它，也就能相信它。孩童们在硕大的钢琴下沉沉入睡。如果一个人不明其中的联系，便只能自我假设。她说，先锋派不都是会教育人的吗？我是说他们都如怪物般，无私得令人害怕。(她总是想把维也纳小牛排变成法兰克福香肠）我们喜欢那个勤劳的裁缝，喜欢天真的孩童，不喜欢那个爱慕虚荣的穿“新衣”的皇帝。蟋蟀快速振动腿部发出吱吱的声响。那些日子，没有出现观众滞留的状况。但是这一现象夸赞的是理想之美，并非身体部位。我依然觉得他们理性睿智，但因此也会产生欲望。这就好比一条 12～16 英尺深的河被无比耀眼的阳光填满。当然，我这样说，并非因为骄傲自大，而是内心的高境界使然。或者说，这是内心自发想象出来的虚构之物。思绪骤然后移，我想起那个与黄色紧紧联系在一起的 1978 年 10 月的一天。当时我怒不可遏，气急败坏地把装豆子的罐子扔到地上，“砰”的一声摔门离去——然而我却无处可去，豆子散落一地，我只好又懊恼地折回。如果放弃奔跑，你将一无所有。有这样一个句子：“有一个人拎着两袋杂货，七步爬上五级破旧的木楼梯，进了左边一扇伤痕累累的门，穿过一个大厅，踏过两尺长的油毡，最终来到了 4 英尺大的富美家塑料贴面的柜台前。”句中的那个人就是我。反复摸索，修改。鹈鹕充满爱意地用翅膀拍打着水花，翅膀快速收缩，充满力量。论证总是从两个方面展开，然后又从三个方面达成一致：数字、口吃和转调。核心精髓，坐立不安，头脑清楚。这些字眼都是为了激起你这样一种欲望……我在他书里的每一页写下自己的名字。我的一生，像建筑能渗水一样。“雨”，莱西反复地说着这个字，在她的生活中，天气状况是她最大的兴趣。“雨，在芳香的冷风中涌动，高空的灰云漂移而过，预示着暴风雨的到来。”写作，就是不停旋转的一项工作，输入，再输入，循环往复。在我书桌的左边有一支红色的笔和一个黄色的笔记本，上面写道：“我从来没有比现在更深切地相信，人物的塑造是建立在精心组织的基础上的。”（乔治·爱略特）扁圆，是被“压扁”的圆，时间紧迫。难道我们不都是厌食者吗？在我喜欢的天气里，只有菱形。扁圆可是与菱形大不相同。与此同时，我住的街道和我儿时的场景一般无二，但在当时这并没有勾起我的回忆；这些场景，不独特，不欢乐，不甜蜜，不熟悉，也不糟糕，仅仅是附近的街道和柏油运动场而已——但是现如今，当我从学校独自走回家的时候，却觉得这就是我记忆中的街道，虽然现在的我和儿时大不一样，我走在校园时，记起性格不断完善着的自己，再次感到自己严肃得几近可怕，内心压力大，患幽闭恐惧症，但又精力充沛，率真坦白，直言不讳。回顾往事，我对学校无比恐惧，然而现实中，我对学校又如此热爱。死亡之神桑那托斯可不愿意倾听。活泼开朗的人，说话粗声粗气——声音像是一下子从云中冲出来。你心里一直清楚，我们需要自我。演讲者在一开始就提出了一个场景：一个人仰起头，穿过风，看那些树叶在夏日中熠熠生辉。这便是永远的安定。

# 三十九　永恒存在于起点

因为“文化底蕴深厚”，那个圆胖身材的人走过来，像往常一样，诚实正直，身子轻微摇晃。橡胶般乏味的生活。与新奇二字格格不入。当我结束近期一个文学活动回家时，在7-11便利店（意识与诗歌）一角偶然听到一阵骚动。“你知道中产阶级想从诗歌中得到什么吗?”帕尔西科夫（俄国诗人）后来在莫斯科说道，“是一探来生。”树林中鸟声啼啭——它描述的是规则。一位潇洒帅气的警察与一个出言不逊的醉汉站在商店前，手里拿着对讲机正请求支援；几分钟后，一位女警前来应援，车还未及停稳，车门便打开了；她从车上跳下来时，皮带上挂着的黑色警棍左右摆动；她踱着步，时快时慢，打算降服醉汉。警车不耐烦地拉着警报，女警突然用手铐“啪”一下把醉汉铐起来，之后迅速将其翻倒在地，抽出皮带把他的双脚捆起来。语言（差异与约束）——无一不遭到旋律的反抗。我们曾经策马而行5天，进入高湖周围的群山。但是知觉在三段论中更准确。一个铁锤和一个无草可割的割草机，都是不完整的。第二天我们沿Z字形路线穿过冰积物，抵达了山顶（拴在绳子上的煮锅左右摇晃，太阳的光线也从我的左胳膊移到了右胳膊)，呈现在我们面前的是一面陡峭的悬崖，树梢近在咫尺，马儿吓得战战兢兢(我们的命运就看马蹄的功夫了)。书架上有托洛茨基和乔治·桑的《我的生活》。这是在1979年，我读蒙田的那一年。我开始期冀，有个人即将死去。某某人已经接受了一种观点，认为诗歌是国际的、慷慨的、绅士的，这也是我现在相当失望的原因。那个年轻的凶手，报纸上印有她的照片，之前已经犯了一个错（但现在没什么错了）。意识到这种重要性时，我似乎被诱导着，突然不受控制地感到恐慌，这种感觉就像多年前我还未来得及躺在草地上，就被无穷的思想攫住一样。如果窗外一无所有，请去书中寻找万般美好。此时此刻，我集中精力，屏住呼吸，试图把“布莱克山（史称‘锯齿岩’）中蓝色湖泊倒映出的天空”这些词语压缩进一个句子，这座山巍峨广阔，我之前已经提到过。接着，当隔壁邻居家的狗威尔伯，中午时分，竭尽全力地、甚至歇斯底里地狂吠的时候，我得知我们的信件到了。39 年的岁月，片刻的黄色，绿色。一个段落显示的是一个时空，并非一个句法单元。我们站在那儿，看着湖边的光圈，落日的最后一抹余晖中一群小虫，倏然飞走，一如灰尘的微粒，内心的疑虑，或者是树木密码。越来越多的湖被人们投进去的石块填充。那些声音，女儿的、母亲的、祖母的，从背景里传出，飞向分离的个体。因而，被引证，被解码。事物虽然不同了，但却没有分离，思想虽然停止了，但仍动机鲜明（正如永不停歇的玫瑰）。孩童们、少年们都在长个子，他们的兴趣也在急速发展。我第一个了解的他们的兴趣就是他给所有独立岛国的元首写信，国土面积 8 平方英里、以磷酸盐闻名的瑙鲁就是其中之一。对于我们这些独爱“找刺激”的人来说，对他们的出生地有种领地意识。詹姆士曾谈到“团结起来，打一场将必然王国改造为自由王国的战斗”，我拿起笔在书上小心地写道：“我更喜欢必然王国。”我想起称之为饱和结构的弗朗兹·克莱因（美国画家）的一幅画。所以有时我会坚持不可通约性原则，尽量做一些相关甚至不可能的比较，而不带任何忧郁之情。我父亲转业之后说，画家总是比作家更开心（这就是为什么在我 10 岁时就能操作他的打字机，而在之后又喜欢画画的原因）。每次参观完博物馆回到家之后，我总会自发地拿出我的画板，从不觉得失落。每次选举之后，我总会下决心再也不参与投票。我听着夜晚的溪流里石子翻滚的声音，滴答滴答（时间永恒——逆转）。随后，我进了厨房，走进蒸汽的咔嗒声，闻着芦笋和火鸡的香味——也许是咖喱味的？我无法闭上耳朵，因为我没有“耳盖”。社会无边无际。然而，暂时，窗玻璃表面起了静电，引来电荷，阻止交换。静电产生了明显的划伤、刻痕和凹口。但正如我之前所说，鄙人目光短浅，有很多在一个场景里的人，可能组成不同的场景。

# 四十 我哀悼的语素活动

我不会绝望；我希望我每天7点钟之前起床，远离懒惰。沉浮相依，盛衰并存。但他们却不懂坚持，他们只会嘲笑别人。我感到万分宽慰的是我最终把那个想法写下来了，现在我可以把它忘掉了；但并不是健忘才让我开始考虑其他的事情。我不知道是什么促成了我渴望的世界秩序在我的梦中得以确立，但我确实记得我母亲所感受的那种快乐，这种快乐来自于她所谓的“时间与运动研究”，但凡只要上楼梯，她可从不会空着手。对永生的渴望与追求密度感相依相随。先有形式，然后才有内涵、有表现力。对于我们这些独爱“找刺激”的人来说，意识是常存在诗歌中的。我的心灵已完全被诗歌占据。我咀嚼的时候我的眼球都在晃动。不管我在做什么，那无礼的电话总会打断我，仿佛是在说“别做那个”。我从未让我自己摆脱意识存在主义的观点。唉，我为什么迟迟没有这么做呢？看看我现在，每天苦不堪言，简直像个罪犯，被链条捆绑在这届新总统发布的一系列政令衍生物上。我心中的那种情感，好吧，坦诚来说，是一种自怜。我开始用抹布清洁厨房，然后根据插座的位置用吸尘器安排我一天的生活。但是对于渗水的会造成浪费的场所，普通的石墙也就是我们最好的选择：“难以置信”或是“他们疯了吧”。我希望我能在我的投票纸上签上我的名字，这样的话我的投票才能让我得到些许满足感，让我感受到自己的重要性。语言已变得如此的客观化以至于它已经不同于我们所知所说的任何东西。然而，有这样一个东西，如同懒人的重负，它是他们最大的负担，注定是要跌下神坛，走向衰败，甚至是步入毁灭。主观化和客观化都是一种落伍的镶嵌系统。是桃子让黄色和桃子这两种存在变得更有意义。辅音捕获细节，细节被阳光淹没。猫儿舒服地坐在地上，嘴里不时发出呼噜呼噜的声响，尾巴抽动着，然后陷入了漫长而又平静的冥想之中。过了一会儿，它又用舌头舔了一下自己的胸膛。一个狂热的楔子。爱情不止是大吵大闹后的一个和解那么简单。那个下午我和我曾经游行反对的老兵们一起游行示威。有着黏糊糊的天空的一天也是一种饱和结构。但是猫儿正在我的笔记本上打盹，所以我没法继续我的思路。我擦洗着水槽，清洁剂的气味让我联想到了豆角，阳光透过窗户落在干净的排水板上，水龙头上挂着一颗水珠。空气中游离着光线与静默，落叶纷纷，为大地铺上了层层秋装。有的人渴望得到大量的权力。但我需要的仅仅是一种幽默感来化解耐心与女售货员的愤怒间的矛盾。或许比起生疏，暴力要来得更为实际一些。梦境中不停地传递着低俗。这里面有一个萨克斯、一把剪刀和一块海绵。当他弯下身子面向长柄锅的时候，她转身看着正在干活的他，不由自主地笑了，她要么是要称赞他，要么是要责骂他。彼时，永恒的拉丁式爱情让一切封存。然后这种爱使得人们对旧式的印刷媒介始终热情洋溢。我儿子给政府的每一位官员写信，向他们讨要关于他或她的州的照片和真相。但是当地的首脑是一个很棘手的人。它是一种礼节，是一场公开辩论，他们谴责它就是一种理论而已，是一种缺乏他们所希望的带有情感的理论，说这种理论简直就像是在唱歌，称这是一种歪风邪气。我也是一个加尔文主义者，我相信上帝的施恩，所以我一直在努力纯净自己的心灵。如今，5 年后，我已把这个疑问，这条推理当成一行诗——另一半也放在了鞋子里。土豆就像是一个胖胡桃，有着多变的勇气，我说土豆的意思是想说低矮的阳光。小麦被强迫唱歌。“我的顾客想知道。”为 S 先生做辩护的公共律师说道。S先生在这期间不断地对律师窃窃私语，还不停地给他传纸条。“在你看来，皇帝的新装这个故事到底是什么意思?”我的理论趋向或许有时候会将乌托邦的构想付诸现实。

# 四十一　天空是目光短浅者的领域

现实主义无疑是一种特殊的写作方式。这会让我保持作品的真实，对我有很大的帮助。街道对面刺骨的寒风中，一群群云朵在空荡荡的停车场上“吃着”根本不存在的草儿。在诗词界，我们夜以继日地创作，一行行积累，一句句收获。当然，我想让我的作品保持真实。文字是我们的守卫，也是我们的伴侣。皇帝的新衣的故事向我们展示了广告的力量和大众的错觉。男孩们正在体育场里打曲棍球。其中一个是我儿子，一直以来他都想在瑙鲁预订一场演唱会。他自己铸造了短波线。细微的歧视所释放出的是诗歌，而不是单单的大脑活动的产物。你听，萦绕在生与死之间的那甜美的声音。现实主义，如果它真的是在描绘现实，那可是一条没有尽头的路。但如果抛开这个不谈，我最喜欢的家务活是洗衣服；说着这话我的脑海里回荡起了我姨姨的话，那个我妹妹称之为“后来”的亲人，她曾告诉我，当她沮丧的时候她会把自己的脸颊抵在运转的洗衣机上。书页复制着赤裸的现实。这时，诗歌已成永恒，它已无所畏惧；有很多诗人悲天悯人，喜欢为诗歌打抱不平；尽管对此我帮不了什么忙，也不想帮，但我可凭借母性的激情把真诚的材料联结在一起。在此我援引左拉的一句话：“我们是实验道德家，通过实验来展示激情在社会环境中表现的方式。”他每天起床和睡觉都是迫于无奈的生活所需，这使得他不得不成为一个现实主义者。我知道真的“有个什么东西”和仅仅是心理紧张是不同的，但还是决定找一个顺势疗法的医生咨询一下；这个医生是奥地利人，我猜，他是一个信奉弗洛伊德学说的人；但当他给了我一些装有他称之为“X”粉末的小包并在闲谈中评论道他从来都不给登山的人治病因为这种蛮勇之人从来不懂得适度锻炼时，我就不再信任他有给我治疗的能力了。在为地震救援所准备的一车厢救援物资中，有水、金枪鱼罐头、罐装桃子、豌豆、格兰诺拉燕麦棒、白兰地以及少量现金。我们仍坚信生活满含快乐的种子，不停地适应着很多蛮横的或是狐假虎威式的举止，比如说我们的长尾小鹦鹉做出的姿势。秘诀到底在哪儿。世界每天都在改变，世界仍不完整，这也是为什么科学家的工作仍在继续的原因。比爱国之心还强烈、比风暴更猛烈的是那个下午我们在棒球场收获的快乐，那感觉就好像是拉里、保罗、安娜和我一起赢了我们最近的第18场比赛中的第17场。回到家后加努恩带来了冰激凌，我们坐在一起，狼吞虎咽，吃得眉飞色舞。在周末有很多事情会分我们心。严守时间具有夸张的成分。拜访我们的客人到达日落区不足一小时的时间里，就被消防部门（因为他造成了火灾隐患）、卫生部门（因为他造成了公共卫生隐患）和警察部门（因为他违反了治安条例并且创造了社会公害）课以罚金，所以他不得不用汽车拖斗把他的干草垛和他的黑马运出我的后院送回他的村子。弗雷蒙特会认为松鼠从寒拉斯到达海洋不需要从树上下来这种事情会发生吗？一直以来我都以为我的外祖母是个抱怨狂，她碰见什么就抱怨什么。但是当我有一次问她喜欢什么样的天气而她毫不犹豫地告诉我她喜欢72度的气温而且最好没有风，我的观点就彻底改变了。她露出了左侧脸庞，好看的那面。有什么事是重要的吗？路边用狂傲不羁来回应着风格迥异。她虔诚地听着莫扎特的音乐。电台破天荒地使用收音机来播报现实，听众们被鼓励着坐在漆黑的屋子里收听，这样的话才能最大限度地深化他们对收音机所播报的现实的理解与反思。无云的天空像一颗蓝色的土丘。同样，我也想要一头母牛。

安神：为了睡眠我刚散完了一场步。自然的东西才能永久传承下去——爱，就是对此的一个完美诠释。理想主义：理性以一种仁慈的方式肆虐着风景修补好的永久性建筑物。世界皱巴巴桌子上一个单词，孵出各种矿物质，成就了一个完美不过的屋顶。在此生长的西红柿咸咸的，带着泥土的芳香，鲜美诱人。这是发生在3400英尺高空的一件事情——我们到达了一片从来没有被砍伐过的红杉树那里，我的耳朵嗡嗡作响。当时唯一的事情就是拒绝干扰。这就是认识的旋律，最明显的相似与音乐有关。

# 四十二　在人生半途中的发现

通灵者说这是我人生之路到达半途的一年。说话的时候，要集中注意力，你得仔细聆听你描绘的鸟儿歌声中的起伏变化。当我散步的时候我嘴里咂着在途中经过的商店买的润喉糖。对于我们这些独爱“找刺激”的人来说，生活让我们倔犟，让我们感到充实。但等等，我不能再继续写下去了，至少现在不行，钢笔没墨水了。持续需要时间。被锁住的液体，一枚鸡蛋。任何人的头脑，当被谴责的时候，都会乐于倾听，这是由于一件东西的依恋总会给它的主人带来死亡，进而带来回忆。挂着牌子浑身瘙痒的狗不停地动，它身上的狂犬病标签上发出叮当叮当的声音。隔壁是怎么回事呢？他们在干吗？竟然发出了铝锅互相碰撞、用过的硬纸盒硬纸箱跌落楼梯的声响呢？一种新现实主义世世代代不停批判着前代人所推崇的现实。而今祸从口出。尘世是一条残酷的链带。那不是一种描述而是一种证明。我梦想着一个人可以口吐寒冰，而她则梦想着能够吸水的能力，还是在天堂之中。我执笔写下来我真真实实看到的景象：五只肥肥的麻雀在雪松上啄食种子，一只鸽子独自啄着那掉落在杂草中本该被浪费掉的种子。才智依然在逗留徘徊，而渴望把事情搞明白而感到的乐趣，也会激起人的性欲。确实，我脑海中有着很多的思想片段，而且我喜欢把它们移来移去（但持续需要时间）。那时我们都在学习俄语，那些字母就像是上限树上的细枝。我越来越沉迷，越来越有耐心学习其构式，一遍遍，花费大量时间，最终却发现这些字母毫无关联。天空是目光短浅者的领域，眼睛是感知的仆人。当然了，这是一首诗，那种探究模式。生与死之间存在着必然的界限。卢克莱修当时是卓尔不群的吧。我们在厨房的白板上写着提醒自己要买的物品，还有留言，比如这个就提醒我蛋黄酱用光了，蓝纹奶酪难吃极了。我大声地笑，恰如我的罐子干净得放光。如果现实正在竭力用言语表达自己那么它肯定有一条很长的路要走。汹涌蔓延的情感，只是开端，并且大部分我看到的，我都想做一做。从何时开始一句话就成了一个隐喻。我看到它一直矗立在我的面前，不耐烦地问着我的工作。我像是画在纸上的人，不男不女。一轮尖尖的红日，一棵棵卵形的树。体育场中不时爆发着各式各样的欢呼声，女排队员们正在复赛，我看到对手们扣球时，她们的右腿也不由自主地踢出去了。数年前我曾在幼儿园见到教孩子用手指画画以训练其感觉，这也是为什么在安娜的幼儿园里使用的颜料是布丁的原因。如今蓓蕾芳香，天竺葵饱含沧桑的情感，夏季干燥的灌木丛散发着香料的味道。被风刮过的街道上，裂缝随处可见。沿街，诗人到了车那儿，告诉孩子们快点。我谨慎地穿过通道，认真地挑选着，如今我已经拥有了自己的杂货铺。我带着随身听去教堂避难。“第一篇章是你写好的还是临时拼凑的?”音乐批评家问道。“当然是写好的，”音乐家回答道，“起初我们是想要即兴创作，但是我们没有足够的时间，因此我们便先完成了这部音乐。”冰冷的铁砧上，不停地发出两种长调的响声。桌上有一座列宁的半身雕像以及一个装满便士的瓶子。银行里，一个蹒跚学步的孩子，把绒布包裹的链子上的钩子从立柱上取下来又挂上去，这种事似乎小孩子们乐此不疲。柔舌增添了歌唱的魄力。崩溃，海龙卷，有时会使人着迷。

# 四十三　世界赋予言语的，不止物质还有思想（里程碑）

我的外耳像一个贝壳，如果你靠近听，你能听到海的声音。最明显的相似与音乐有关……我的确很喜欢将苹果与橘子作比较。有很多种版本的抱负……比如我们学习俄语的经历。孩子被一位激进的妇女抱着，那种我还是孩童时就知道的原始的乡思，还有什么时间呼吸，在哪里呼吸。这个妇女躺在剪草机上。与此同时，一个老鼠正躲在墙洞里绕着椽子转圈。它们就像沉默的按钮，那些操纵炸弹的按钮。对于我们这些独爱"找刺激"的人来说，萨克斯管就是一位外交家。一对夫妻一方以高音调在演奏，而另一方在奋笔疾书。我几乎举不起握笔的那只手（书页支撑着身体的重量）——但是每个单词都是轻快的呼声。每片菊芋叶都被咂来咂去，只剩下一片靠一点纤维支撑着的叶片，最后被丢弃。一个接着一个，对面楼的窗户被照亮，将寒冷编织成发辫再盘起来；当星光黯淡，当霜降反射出的强光霎时间灼烧了桦树，并在窗户下持续了几分钟时，当邻居们开始撞楼下入口的大门时，我衔着香烟，在舌头上聚拢了一口浓烟，突然决定要去见你。我从俄罗斯回来，这个国度一如既往，让我眼前一亮。对，就是这样的！借用一个短语来说明，感知机理把心理学转变成了美学。就像几年前，倾盆大雨中，我慢慢跟在父母后面，乘车前往夏延市（怀俄明州首府）的经历：虽然这个城市如幽灵般处在一大片沸腾的雷雨积云下，我还是会看到破旧的农舍、厂房，一些马还有牲口棚——还有我的游魂，似乎摆脱了肉体，逃离了汽车，向它飞去，渴望被接纳。店员和我在谈话，收银台上闪烁着激光显示的存货清单。产品中、诗歌中、地理中，总是不断出现新的名称。最近有些思想保守的妈妈们前往那家街头小店，示威抗议在那出售的一些杂志，所以我在那里购物。那是一种姿势，无关政治——因为现在我们不谈及政治，而是与政治会话。至于室内装饰，一些人会突然演奏出这个值得信赖的世界中一些令人分神的韵律。女人们戴着随身听，被随机采访时，很排斥她们这样做是为了展示其与周围世界格格不入的说法。“80 年代了，”一个女人说，“我们仅仅是让空间服从于一个非历史观点而已。”去听场演唱会可不同于去参与一场对话，完全不一样。没有人会在自己的世界中成为一个预言家，同样也没有人能在自己的城市成为一个音乐家。无意间，进入一个老奶奶的庭院，那儿矗立着一个大玻璃瓮，盛有陈酿葡萄酒，葡萄酒用它闪烁着红黄色光线的舌头触碰着一个巨型石蛋投下的阴影。不一会儿，狗和太阳变成了昆虫和月亮。这种替代改变了幻想，而这就是最好的安排。由灰做成的砖展示着一种不同寻常的深红色。我们长时间驱车从城市到高山后，在黑漆漆的深夜，默默地离车往林中木屋走去；在一条穿过一片田地的泥路上歇息时，拉里说：“听，过来听，你能听到吗，一些残余的闹声正从我耳朵里冒出来。”他们正迎风而行。在对应的那片天空上飘着一些可以听到的灰尘发出的声音。在一只古老的钴蓝色肖像碗中。他说，他的头在南风的侧光中旋转，这种侧光最后以冰化而结束冬天。是的，他又说道，我同意，夜晚并不欠天空一片月光，但坦白讲，我可能会同意任何事情。所以我们国家一些遵守规则的居民对于谨慎可以说是一窍不通。你视线越过流经蓝绿色岩石的布拉德小河望向低矮的秃头山，伸展到远方层层叠叠的气流中。没有人记笔记，但日记可以复原困惑。我提高了立体声音量，这样我就可以打字更快一些，听不到双手敲击键盘的声音。地里长着乳白色和黄色的草，照在上面的阳光，似乎那么的不规则，不稳定，变化莫测。突然间，地壳板块上面的大地，比我们所在的州大得多的大地，在震动，橱子在余震中左右晃动。我父亲，来自于奥克兰，能活灵活现地想象一个格特鲁德·斯泰因般的人。这很神秘。我母亲恰好在里尔克去世前10年出生，但在孩童时期登上从阿拉斯加开出的汽船时，从未遇见过他。耳朵做了标记，声音也就束缚住了。瞪大眼睛看看这个现实主义法则所要求的这个神圣国度吧。

# 四十四　一个守护硕果和风琴之地的词汇

风景中的另一道风景，夏日中的另一场盛夏，房子里的一场美丽约会。人们各有各的恐慌。嘀嗒，嘀嗒，钟表滔滔不绝。曾几何时，在那段长长的路上，我的祖父拄着拐杖在散步；现如今换成了我拿着球棒在走，一直走到奥克兰后面的小山；沿路可看到白色黄色的微粒在空中闪烁飞旋；路边的红杉树似乎转眼间就变成了黑漆漆的团团暗影。连接绳张力十足。有偏见之人，即使浑身是嘴，也永远不知道从哪里开始。但是任何一个译者都会抱怨说，woof 是翻译而 gav 是直译。嫉妒，是一颗炸弹，是一束激光，是侧面袭击，是恐怖，是毒药，它会使人们相互扼杀，溺水身亡，患上病毒，忍受饥饿和电刑，年老或身体僵硬。它几何体上顶着一个大头，通灵者与行动派就在这个几何体中罕见地结合在一起。这就是知识的韵律，多愁善感焦虑的根源。我们总是为一些执着的法则所约束，而这些法则是多么荒诞离奇啊。即使在天堂之坑里，也会有脉搏的跳动。夜晚像枚鸡蛋，被摩擦得光滑发亮。我们会想，这到底是精神食粮，还是性的联想。这个女人是这株球状植物的主人，而非它的俘虏。某些寂寞的纯数，与孤零零立在那儿的农舍，棚屋，马匹和谷仓很相似。得到的回报不一样。仿佛从红杉树上洒落的尘埃，其温暖的黄色光线和冷蓝色的阴影形成了恒久不变的森林环境，变成一座空气的牢笼，或幻化成棱镜，将光囚禁。证据的词语，魅力的单位。时间的脊柱。我用单调低沉的声音说出这个缺乏连续性的短语，即现实主义笔下的风景。所以，我出门散步时，会随身带着纸笔，为的是记下问题，当然会再努力地解决问题。年老的祖父正在院落里大发雷霆，他用拐杖连续敲打那个石蛋，结果却把那个大玻璃酒瓮打了个粉碎——老太太高声尖叫着，趴在地上，咂着地上那一汪污浊的酒。他们说话不是一句一句地来，而是垒城墙般堆砌着满含欢乐和必要性的雉堞。事情单个来看都是真实而重要的。而我处在中间地带，因而在家务活中找到了安慰。演绎。丛林中，一只巨嘴鸟咆哮着，火辣辣地谴责、嘲弄着直升飞机。福斯缇娜说："当我带着食品杂货回家时，你们最好相信我都从车里把它们拿出来了——如果有人想吃，他们可以自己搬进来，我有冰箱的锁链可以证明这一点。"理论是陈述的原则。请随我想象一下，一门外语就像一根横在小溪上的细棍子，你必须以高速跑过才能保证棍子不会断掉，并且一刻也不能停下脚步，否则会失去平衡——即使是停下来眨一下眼的工夫，棍子就会折断，说话者就会跌倒。对于我们这些独爱"找刺激"的人来说，我们成年的儿女是否真正还有其他机会、其他结局、其他能力？我能否重新开始呢？现在已经是深夜了，我透过反射在窗户上的我的脸，看到路灯闪烁，树枝摇摆，细枝像旗子一样飘动，划过墙面。又突然掉头飘回来，附着在黑暗中。人们有什么样的想法，他们就想成为什么样的人。有一年夏天，我做保姆时和一家人及其婴儿住在海滩附近（正是这个夏天我读了父亲那本《安娜·卡列尼娜》，并把这本书变成了我自己的；后来，那年秋天，我在他每本书上都写上了我自己的名字，应该就是合情合理了），我记得听说了苏珊·朗格（美国符号论美学家）这个人（我当时就是在照顾她的孙辈），她多年前，日复一日，都在致力完成其在推理性符号和非推理性符号之间的差别的研究，并不注意天气忽而下雨忽而变冷，她会到海滩来，坐在那儿，手里拿着两块石头边敲打，边目不转睛地凝望着海浪，这种形象深深地吸引着我，让我着迷，但是我知道对于她的孩子们来说不容易。自然是无限的调节剂。随意几块和我们的脑袋大小相仿的石头，不一会儿就变成了我们的朋友。但是那个句子并不完全准确——它并不是什么外交政策，而是对丛林天堂的一种假设。烟卷里冒出的滚烫的烟尘填满了鸣音壶——那张嘴。这正如我读到查尔斯·威廉·毕比（美国博物学家，1877～1962）描述他在深海潜水器里下降到水下半英里深处的狂喜时一样，那时语言已成为表达狂喜的单位。音乐是完整的。我并不认为自己是个很会安慰人的人——很完整，当每个环节恰好都是病毒灵时。菱形的小船在漂流，两边是高达数米几乎紧挨在一起的峡谷岩壁，色彩斑斓，我们得收缩着身子，才能继续前行。到了最后，手刃临近之时，客观世界将渐渐消退。

# 四十五　诗歌中的利他主义

下午5点钟前，我都坐在房间里一边读着一本理论书，一边吃着一盘胡萝卜。现在，受过度刺激，但是深入而非人为地（所以不是服用了过量的毒品），我把纸铺开，拿出整个晚上，甚至打算超越眼前的那种前瞻性（我有很多计划）。雾中的狗。有个人已经奄奄一息，接近抽象——“我们不能再忽视意识形态了，它已经成为一种重要的抒情语言。”我在好几个城市都听到过这首音乐，现在再次听到它时，我正爬上一级楼梯，通过一道狭窄的门道，走进梅奇尼科夫大街的旋转、潮湿、侧光和半透明耀眼的粉尘中，我又一次感到自己错综复杂的幸福感，不乏傲慢和困惑不解的女性特质，因为它被亚眠（法国城市）的那间不同凡响的大教堂唤醒（我母亲的母亲嫁给了她的兄弟，因此保留了她的娘家姓，她断言“拉斯金”是“欧斯金”的变体，而他是她的亲戚之一），但是，虽然这些音乐让我对这些地方非常熟悉了，但作曲本身却变得越来越奇怪，在黑暗中我又听了一遍，更不大好辨认了，正如一个人把一个词或短语说了一遍又一遍，就是为了瓦解其关联，使其陌生化；那个人，演奏音乐时有自己的主张，这让我惊愕不已。日子一天天消逝。你把黑色的盖子折叠起来，活页夹像金鱼草一样打开。永恒存在于起点，不断改写着还未定稿的文本。正如他们说的，萨克斯管发出的声音很像人的声音，但却是嫉妒的对象。不涉及问题的谈话真无聊。另一件事：虚伪，然后喜欢，伴随着甜美又带有分析成分的干咳声和欢闹声（我所说的意思是，我希望人们能“明白”，然而，心情高兴，越来越健谈时，我却讨厌“别紧张”）。现实设定了新的倾向标准。我顺着油毡的图案拖地；当我要穿过干净的地板去冲洗拖把时，我就铺一条毛巾，踩在地板上面，虽然这样我要做更多洗洗刷刷的活。减少从措辞到经历的过程。意义因人因事而异，虚构的是缺乏耐心的。R 语言与 E 语言并存，或许它们互不接触，也因此我们陷入了翻译（描述）的恍惚状态。一个人就是一个空间，这个空间可在一瞬间显现。现在我们和左边的邻居共用一台割草机，共享一树篱笆；在夏天，从敞开的窗户传来他们的说话声，比他们做饭时发出的声音还高。花儿周围，蜜蜂嗡嗡。夏天，头顶上飞过一架拖着一条横幅的小飞机，引擎隆隆作响——多年来，我一直做噩梦，梦到飞机失控，在空中旋转、俯冲，一头扎进教室屋顶，哈蒙德世界地图上那些深蓝色、红色、绿色和黄色的区域随即变成了一片火焰。我又一次退回到我的惯性思维中了。斯大林奖章悬挂在各个共和国的卡车上，他们为什么要这么做呢。语言的探究和诗歌的教学法。你不会想单单为神奇的诗歌所诱惑，因为美会改变一切。湖水涨满，阳光像钻石般从水面上反射出来，就像对从业者发出的笑声一样。半夜已过，精疲力竭，昏昏沉沉，那灰色的冰块——哈雷的海狸（指哈雷慧星）——正向着空中远处山脊上的森林深处游去，尾巴半隐半现。思想的流动——不可能的！一个守护硕果和风琴之地的词汇，一架在天空中飞翔的无人机。爱斯基摩人（这里指的是因纽特人）用喉音在唱歌，一遍一遍，循环往复。害怕失去一个机会的恐惧是如此之大。为了那个字眼，你得把车开走，老人把它停在灰突突的木瓦房前已有两天，一英里外的地方还有两辆车紧挨着停在霉烂潮湿的黄色山坡的阴影里。对称。红色的母亲，红色的父亲，许多红色和玫瑰色的孩子，大多数是女孩。那个字眼。死亡并非不完美，它是在合适的时候记住合适的事情。“现在”是其中的一个成员。人满为患的一块石头从地面跳出来，迎接着正亲吻着大地的太阳。激情四溢。为了这个梦想，我一整天都是一架隐蔽摄像机。来自家庭的任性诱导（证明我所担心的是有趣的）是一场革命。那个球响了多久。我坦白地承认，我很快乐，直到我被问到我以前是否……关于个人主义，是否我们心有内疚和顾虑……不胜困扰——幸福是毫无价值的，我年老的祖父让我相信，幸福与否与生活得好不好没有任何关系，因为他就从来没有为他自己或我父亲寻找过幸福。对死亡的恐惧只是死亡留下的渣滓而已，它延伸至无限的时空，等值——绝对真理。不给依依不舍任何空间。

# 第二部分　我九十年代的生活

*My Life in the Nineties*

# 一　我从来没见过什么典型的东西

什么？我生命的第50个年头就这样结束了？这是怎样的一种生活？这么的变幻无常？想象一下，生活就像电影一样，一个镜头一句话，那么这句话是什么呢？我正在敲击一篇情节夸张的故事，是关于一个巧舌如簧而又会审时度势的玫瑰花(似的女人）一心只为钱的故事，这时，从我身后地板上的收音机里传来战争爆发的消息，我的意识也从我的手和眼之间飞到不知什么地方去了。我的头滚烫靠在泛黄的墙上，我的袜子破了，露着脚趾，我吃的是东拼西凑的东西。我点着一盏灯，以防房子会震动。我用登记证给我的房子做了记号。对于我们这些独爱“找刺激”的人来说，闭上眼睛，借此在想象的精神世界中多停留一会儿，这样能逃避现实中我们彼此之间那种彻彻底底的疏离感，这种疏离你可以时时刻刻在你熟悉的面孔上看到。当然了，我们都处在这个时代，也被这个时代改变，但有些人比别人受影响程度大。那个坐在名为“美国”的床上，等着电视广播人员，准备着关于科学和西部男女平等主义者的独白的人就是我，也或许不是。我翻滚着，我击打着，我感受着可能的亲近和不可能的亲近，就像40年前我假装恶心（我装得太好，以至于真得病了）逃学，一整天都待在房间里把一些从杂志上剪下来的照片和图片黏到几个剪贴簿里，这些剪贴簿组成了一本百科全书，每一本都是一卷。当我意识到还有很多遗漏的东西时，我变得多愁善感起来，不是那种为了廉价的爱情的那种多愁善感，而是斯特恩在《项狄传》一书中首创，后现代主义所展现的那种多愁善感。没有借口。拉里的生活，保卢斯的生活，安娜的生活。我的朋友的生日比我的早一天，伊拉克的音乐家在巴黎的一家阿富汗餐厅和我们一起庆祝。我开车去到一家规模宏大的西尔斯百货，在那，货架之间的通道交错纵横，成凹槽状，我尴尬地到处走动，购物车里还有一把鹤嘴锄，我在找小铁平底锅，还有浴室脚垫和与之搭配的毛巾。我走得很快，但对是否被别人看见甚或是否真的在那里没有丝毫的感觉，可谓是独一无二了，换句话说，没什么两样。短的诗行要慢读。也许永生的灵魂存在，但是在没有任何经验和特定环境下被释放了或是被分离出来了，死亡的自由，被剥削的生命，然后，是的，我们需要自传。爱伦·坡说："我们所谓的长诗事实上不过是一系列的短诗而已。"微尘从脚底升起，散发出甘菊的气息。大西洋每年以指甲生长的速度扩张，也就是美国远离欧洲的速度。天气听起来好像漂流的科学。它涉及合乎时宜的冥想和不合时宜的解说。《逻辑哲学论》显而易见的界限（不能说的事必须沉默认对）在我看来是过渡的，不会把我们引至不可言说的稳定状态，而是把我们带到另一种极致——现在。她 5 岁，她 25 岁，她 50 岁——深知生活属于自己的这种自觉性必须保持高涨的状态。胸怀本身就处于等待取悦的饥渴状态。但在这里我可以把它写下来。正直，神秘，又值得人尊敬，列宁就是这样的一个人。慷慨地奉献，大方地接受。美国的新闻界也极不情愿地承认了这一点。我们应该痛恨战争而热爱战士，应该在争执中团结一致，从而达到平等。后来，我的姐妹给自己起了一个中间名，一个让这个世界充满诗意的词语——事实上她把她的名字给了我们所有人。家族在菜谱中传承；家人们聚在一起吃晚餐。这是一首展现正在发生的事的诗歌，没有什么能反驳这个决定。我最后一次去苏联。你很难从流水中全身而退，而返程又不可能。纵跨陆地，无家可归的人在流浪，禹禹独行或成双成对，还没有组成群体。

在急躁不安的状态下，教育也江河日下了。一个小男孩在街上玩耍，但我们经过时，他突然朝我们跑过来，踢了跟我一起的一个人，我们和这个小男孩之间并没有什么误解，这是彻头彻尾的耻辱。在季末的时候，为缓解他脚上的骨刺问题，教练给他注射了止痛药和可的松，而那时他也被学校劝退，还被撤销了运动员奖学金。曾经的模范学校变成了约翰·缪尔（1838～1914，美国环保运动领袖），曾经的列宁格勒再一次成为了圣彼得堡。看了那么长时间显现出来的出奇的事，人们也就不害怕了——永恒存在于起点。作为一个女人与其说是条件，不如说是动机，以不同的速率不同的轨道出现的动量。一个这样的作家不仅仅可能而且必须出现在我们的社会上，这一点是明确的。（但作为什么呢?）在菲尔贝特街，在希尔克雷斯特路，在萨德伯里路，在格林街，在阿斯平沃尔大道，在二十一街，在宴宾大道，在史姆因山脊，在拉塞尔街——示意的手势，平常的寒暄，日复一日吃的每一顿饭都是令人欣慰的，尽管也可能是强制的，考虑到我们对炸玉米饼、芒果汁，涂着蛋黄酱的烘烤面包，还有无咖啡因健怡可口可乐引人入胜的记忆，就像字母表上的一个个字母，没有什么高低贵贱之分，只是与我们想拼读的单词相一致而已。对于每一个表演者来说，现在比过去更重要。我停下来，意识到没人知道我在那儿。当我说“chapter”（章节）时，我的意思是“俄国的火车站”，这就是我的意思。当我说“word”（单词）时，我的意思是“女猎人”，她的意思是：“如果我们没有在这一天中至少跳一次舞，那么我们就认为这一天白费了。”自我提升和个人效用是不一样的，利他主义和代理中介也是不同的。我丈夫最近使用的是一个红色软毛牙刷，我妻子给她的腿刮毛。事实上，暴力从来不是任意发生的，虽然任何暴力的实例都是发生在令人费解的时候和不可解释的地点。我认识一个人，他意识到自己的妻子家务活远远比自己干得多，例如，买菜，做饭，照顾小孩，就计算了一下他和妻子差多少时间，并给她每个月适当发点工资。一个东倒西歪的人瘫坐在公共汽车司机后面的座位上，面朝着过道，可能是受了伤也可能是喝醉了，脏兮兮的裤子被他尿湿了，尿液滴到地面上。我感到非常尴尬，非常不自在。就像几年前，我当时上一年级，我的朋友洛雷塔在班里尿了裤子，一动不动，就像被困在了那里。我感觉自己看到了什么不该看的东西，再也不想去上学了。也就是这样我较早地有了忌讳的概念。但在各种情况下，人们都希望能制定有政治效力的规定。诗的第四十四行里的地名几乎不代表什么。少情节而多细节的准则会依据地点和停顿来安排我的生活，而不是依据年还是小时。轮船。故事似乎可信，但情境似乎令人失望——但是又一次，因为那一份富有感情的天真情怀，连经验也没能动摇，我具有容易上当受骗的倾向。但是持续消极只能是处在道德平庸的状态。热情让我们奋勇前进。问题的关键是：情感使我们产生坚定的信念。

# 二　场景需要语言的辅助

我们不乏守护硕果和风琴之地的词汇。知识是一种我思来想去的刺激。我在寻找一个更好的位置，更陌生的陌生人的时间。从10点到1点，一天跳舞，一天画画；从1点到2点，在你跳舞的那一天画画，然后第二天写一封信。我的感觉看起来也是这么存在的——我听见一只冠蓝鸦在树叶间鸣叫，然后，突然间我又一次感觉到了这和刚要开始下雨时的怡人的气味之间的诸多联系——但是出名的不一定是大家都知道的。全景展现的时刻，就是准备的势头。期待不是自主的。在梦里，一个女人向我搭讪，她向我要一只老鼠，来引开挂在她脚上的一只正在狂叫的大熊，她警告我不要跑，跑是没用的，熊能以每小时40英里的速度奔跑。好吧，（有的人说）在我们的时代，我们依然有精力在时代的前沿把思考作为职业。早上从后面起来，自言自语着一个短语，那个只展现事物洋洋得意的表面的短语。她唱着："我开着爸爸的凯迪拉克从达拉斯到海边去，但是大草原上有我向往的牛仔。"没得到呼应的事物不可能完美。剩余的是不连续的。诗歌就是联系。我们是苦苦挣扎剧院中的表演者。尽管你不敢保证你传达出来的温柔被欣赏（或者保证你的经验实质和模式具有可传达性），你依然每天都写一封信——不是你自己值得关注，而是你的生活值得关注。在任何一部西部牛仔片中命运都扮演着重要的角色，周围的风景充满了注定的结局，命运本身就是宽阔的边疆，展现了一些因不可避免而又不受欢迎的选择而带来的品德。在一个尘土飞扬的小镇上，一家“可爱李子”美容院提供“香波及其他被动运动”的服务。身体锻炼，头找事。这并不缺乏逻辑——这是一种爱的把戏。最大的树在那，这个人说着指向树的方向，这提醒了我，我的期望具有偶然性。不是形式和内容，而是意志和内容。天底下的每一个人都知道那是存在的（并且不需要解释）——但是我被烟的气味打断了，然后就升起了火苗，火势很凶猛，（而我在被告知把行李打包放在车上为撤离做好准备时，无助地发现没有什么值得带的，感到自己与物质和象征性的标志切断了联系），以至于后来的几个月都感到自己无关紧要，虚无飘渺，被抛弃了。我注视着尸体，把它的心从曾经回响着悦耳声音的胸膛中取出来，放在手里。这些心脏就像不受重力吸引的天使坐在云端一样，它们也找不到归属。他们说歌德拒绝让生活变成“一系列无组织、无意识的事件”，而是“让生活中的每一件大事，不管是否预见到，都被认真考虑并在一个重新被阐释的作为一个整体的生活中找到自己的位置”。然后，人们被迫集聚能量，醒来，下床，去接受禁锢。凌晨1点，格兰德大街上的路灯只闪着黄灯，四车道的街道上空空荡荡的。我正在漫不经心地开着车，突然发现一辆警车不知从什么地方或哪个小巷跑出来，车里的警察正在朝我闪着灯，真让我倍感绝望。但现在我总是变换规模。破碎的天空突然刮起了一阵大风，大得足以带来一场倾盆大雨。马在沙漠里费力地奔腾，餐馆里一位班卓琴艺人一个桌子接着一个桌子地演奏。在这样的自传中，我们可以寻找到影响精神活动的根源。真理不能对事实产生影响，真理本身也没有区别。皮肤把注意力从一个事物转移到另一事物。埃默拉尔德·埃莉（这么称呼她，是为了把她和她们俱乐部的埃莉·艾伦，或另一个爱莉区分开来）“可能”是被她男友弗雷迪·杰·克莱布里奇（又叫作“垃圾”）（或杰伊）杀害的，而且头部“肯定”是用锤子反复敲击过。作者意识到有责任让即刻移动的事物的数据移动起来。从我开始懂事、记住声音、需要感知时起，我就认为这样的工作应与现实保持最大限度的一致，这是事实，人们也都知道。烤面包，挥舞着水管浇水，把猫从椅子上举起来，这就是我生活的乐趣。我们知道变化无止境，正如永恒就在我们的眼前。精确无误并不是大自然的声音。房间本身是干净的，除了掉落的一片小纸片，比地板上小小的一个污点大不了多少；我使劲从椅子上站起来，把它捡起来，如果几小时后地板干净的状态已经确立下来后，我再发现的话，也就放任它不管了。我不是说个人的大度能够解决一切问题，如果没有行动，没有匿名，就算今天的问题也解决不了。也许我们会以让人难过而收场。那座小山设有门控，灯光明灭，狗在吠叫，老鼠把火炉的门拽了下来。西部被封闭在无限之中。当我们从一头泰然自若的牛旁边经过时，它转过头来看着我们，路旁的小土堆那有很多蚂蚁（它们是群居动物，但是不会假装来自某一国家）。根据托尔斯泰的标准，人的思想来自语言，而马的思想来自事实。我现在仍然时不时地在街上看到夫人，一位优雅而矮小，现在已经年老的女人，拿着一个装着杂货的网兜，但是我没有跟她说话，一是因为害羞和几乎肯定她不会记得我，因为我们相识是在 40 年前的五年级法语课上；二是因为害怕，因为她教课的方式甚是激烈，表达富有激情，相信仰公正、优势；也正是因如此，我的学生生涯异常悲惨。直到有一天晚上，我正骑车去我祖母的家。我祖母的家在名为德蒙特的奥克兰山区的一个小镇上。我突然感受到一种胜利的喜悦，那就是一件事与另一件事联系在一起而突然变得有意义了。我们住在相邻的州，所以有位置上的感知。色情剧院里的现场表演，我会看到每个女人遮住阴阜的方式就是把它上面的毛发剃掉，这可真是自相矛盾啊。在晚上，我穿着旧衣服，坐在窗边桌子旁的椅子上，看向窗外，外面正狂风暴雨，雨水泼溅在路灯映照的树上。当精神分裂症患者盯着一个东西看的时候，这个东西会变得越来越陌生，越来越不真实；但当艺术家盯着某个东西看时（其结果就是陌生化），这个东西反而变得可以触知，变得陌生但却真实。在诗歌中，有一定的利他主义。在阳光明媚的早上吹来的风是洒出来的牛奶的颜色。但是山被烧焦了，房子也不复存在了，城市向外扩张，命名为主教乔治·伯克利，为纪念他所说的“王国一路向西扩张”这句话。知识得以体现——但是身体却在颤抖着，害怕着，因为没有做准备，忘记了做好准备，忘记了买食物，忘记了穿衣服。所以为了证实这真的是我们所信的，我们必须将身体敞开。我再次享受这属于我的时刻，我扭动着。它发现它自己（或者更精确地说，没能发现它自己，然后推进）正盯着自己。西部就在这儿——这是惟一的我们让不确定状态搁浅的地方。

## 三　我们想起这些，极圈

我问我自己："一首诗里有什么。"这是行动从不停止的地方。外面的世界——但是这本身就是。先做好准备，然后再负责照管。我说的是卷须（tendrils），我姐姐听成短靴（ten girls）：在蕨类植物里有十个短靴（注：tendrils 和 ten girls 发音相近，译为短靴而非"10 个女孩"是为呼应原文）。在夏天的那两周里，一周在科罗拉多大山脉，一周在北海附近。我遇到了 3 个不同的女人，她们每个人都精心地设计着远离城市，独自生活，我把这种会面当作一种征兆。我同比较中性的费瑟女士和法梅尔女士乘皮船从阿福格纳克岛到卡那塔克港——每一种形式的交往都是可能的。句子是一个无关于事件的逻辑形式。我记起甚至还是孩童时已意识到安排它时的乐趣。一场暴风雨来临了——乌黑的云和大风——我因此感动兴奋，或是因为我能预感到风暴的来临。一件令人震惊的事，我希望像这件事不受个人感情的影响。我会选一个结实牢靠的座位，然后定心观看。我会选我先看到的四棵树，每棵树花一天时间来画，一片叶子一片叶子地，一个枝干一个枝干地，甚至是一个小枝一个小枝地描绘这棵树，就像画一条河流或是一张重要的地图一样认真。旅行见闻不是异国风情的初次尝试，而是对作者最狭隘的问题（和最陈腐的成就）的解释。看起来好像我们从来就没有开始，我们永远也不会到达。我想象着寂静的北极，严峻，不可逃避。什么都不做——没有事物是与其他事物没有联系的，一个没有指示物的名字，一个没有联系的短语——它只与自己契合，除此之外，不产生其他盈余，没有意指某事的理由。它与哈姆雷特的父亲的鬼魂——摆脱肉体的父亲——的奇异景象没有任何关系，而它现在也确实存在，即使只是以一个之前存在过的人的形式，那么现在谈论它时，必须用一种陌生的语言，因为之前存在过的人现在又重现了。我感到尴尬，因为强烈的光，或因为我淌泪的眼睛。当我看向我的朋友时，她的样子逐渐模糊，世界在迫近，直到我在极度恐慌中站起身来，因为阳光太强烈，那张白色桌子轮廓模糊，又像是在打着旋，我也因此遭受着幽闭恐惧症的折磨。马一停不停地猛扑过来。他最喜欢的花是“勿忘我”，这也表明他的嗜好是地域化的。我现在已经比我爸活的年数多一年了，也比我“照顾”的祖母多一年。我们才是不吉利的；未来没有希望。我研究过名画《水手营救溺水的妇女》——画的前景是一个女人漂在海上，她的脸弥漫着一种蓝里透着灰白的颜色，看上去像冰一样的冷，在她后面的一片汪洋大海中，水手们正在营救其他的女人，而在岸边其他的水手正在给被救的女人洗浴，擦拭着她们的脸，灰白色渐渐消失，她们重新焕发生机，面部圆润健康，尽管她们的耳朵后面还留有一些白色，就像是剃须膏。我们知道“明天我们会到这儿”和“每个人都有两重性”，以此来从生活中攫取更多的逻辑。论证总是从两个方面展开。但它还不至于无望到减轻我的义务，让我觉得我也可以死去，先死或后死，但现在还活着。北方的故事总是围绕着会晤自然精神和怎样对待自然以至于得到它的帮助，而我们的故事则充斥着激烈的死亡，使人不得安宁的负罪感，不可安抚的灵魂。其实，早在库柏的作品中，尤其是《开拓者》中，美国式的懊悔使乡愁变得肆无忌惮，而人类的华丽之处也被树的鬼魂给遮掩了。河流清澈得就像琥珀，像泥煤烧出来的茶，流淌进森林深处熊的地盘。矿物总是在它本身所象征的机器中变成一个动物。有时，意志会审视生命的善意并在善意面前仍然保持被动的状态。在地球的深处，它燃烧着。在那有狩猎者，都是一些自然资源保护论者，并且不安紧张的局面会出现，因为没人确定谁能担当女主人的角色，来使这个局面增加一份凝聚力。并列是无神论也是多神论的特点，但是多神论的并列是无局限的，而无神论的并列是自由的。那个春天，我的学生不知道怎样在课堂上与别人交谈，因为他们能交谈的话题——他们做的事情——都不是在课堂上“学习”的内容，他们只对音乐，购物，“无所事事”和电视有着丰富的经验。他们有消费者的主观性，而面对琳琅满目的物品却缺乏客观性。在清晰的歌谣和梦中，小草摇摆着。一个体型庞大的男人撞破了药店的玻璃橱窗，造成了不小的骚乱，但是除了胳膊上的小伤口之外，他并没有受伤，而且药剂师也在那个小伤口上涂上了药膏，贴上了创可贴。这个男人说：这场事故完全是由过敏引起的，使他感到非常尴尬。这个人说：不管主题是什么——女性主义，思考，个人主义，性，写作，科学等等——我认为不可避免的途径早晚是美国人自己的暴力，这也是他们最着迷的。在一场表演中，自然（海洋）污染了文化（英雄）。这个英雄被传染了肝炎，是因为在冒着未处理的污水的废弃排放口，细菌大量繁殖。当从远处都可以看到海浪上涨时，英雄对那个赶来提醒他远离沙滩的女医生说：“当来大浪的时候，我就会去征服它。”他在两河流域看到一个女人在倒立。地球的怨恨吗？不，是它的安慰。流浪者们是谁？今天最亮的点也没用了。确实是这样，我好像要把这些日子的一切装进记忆，好像记忆在童年时期比较有意志力，而现在却不愿记住这些日子，又或是随着时间不断累积的光把我们周围的细节都给抹杀了，就像阳光的长期照射使纸老化得不可辨认一样。太阳封印了大海。我会写作，目的是我自己能知道我写得是否正确。对细节的分析会随情景改变，而这些分析也有停顿，它们自己就是情景。它是加进来的一小会儿完成的工作。特别是对于爱来说——因为时间使不可避免性成为必要。向日葵地的边界沿线，现在一方的看守在守卫，而早在两年前是另一方的守卫在站岗的。在午夜，我们在湖里划着船向小岛驶去，湖水悠黑平静，闪着让人发寒的光。在北极，我们站在船的甲板上向北看去——一个节点和环形的杰作展现在眼前。我们在冻原上柔和的空气中行进，蚊子在跳动着，越来越轻快，越来越开心，飞入了透亮的夜中，远处地平线上，太阳将要升起。何不既记得睡眠又记得美梦呢？何不在写作时自由自在，无拘无束呢？一句又一句，所有的努力（呼应，突出，并且通过大量的资源提供享受），所有的判断和拓展，尽管总是重复，但这一切形成了一个整体，尽管有一些停顿，但这个整体是不会被角度、阴影和阻碍的颗粒打断的。但是岁月没有停顿，也非鲜艳的玫瑰，我问道，赫尔曼·麦尔维尔创作《白鲸》的那一年，谁是我们国家的总统？有个人说，“我不记得，”但她的意思是说她并不知道，她并没有感觉她因说不上来一个名字而深感困扰。她感觉她想要的不在于她想要知道的名字，所以她开始查阅，“下次我一定会记住，”她发誓道，但是一年后她还是记不住。曾经生活过，就是长生不老最深奥的秘籍。

# 四　在这其中，是约束的时刻

我站在门口久久地、平静地观察着奶牛，有些是一只只散漫地站着，有些是两只两只地待在一起。我站在窗前看着玩滑板的男孩越过停车场，滑上用木板临时搭建的坡道，冷静地越过三个硬纸板箱子。我们只能感知到联系——感知本身就是联系。她正在树林里修建一座假山，培育蕨类植物，野花和袖珍常青树。我的睡眠就是我思想的生动的界限。但除了压痕，几乎什么也没留下来。通向吴哥窟的路上已经布雷。她讨厌改变轮流值班的顺序，像一个在不同区迷路的外国人那样。发誓减轻痛苦和期待世界没有痛苦是不一样的。今天一大早，我察觉到在第一缕阳光之后还有一段黑暗，而在那黑暗过后世界才会真正迎来属于白日的光明。家人们聚在一起不停地喝着卡瓦酒。一直以来我都想成为一名医生，但其中最吸引我的却是病人的状况，那就好比是原本一件十分确定的事情突然间变成了一份优先解决方案之中的不足之处，又或是即将要被完成的事情突然间需要再重新评估其中的可能性。我的律师从火炉上拿起了一个墨西哥玉米粉薄饼，盘子上装饰着带叶薄荷小枝。在美国法律上有一件怪事，一个人不能被要求口头上认罪但产生行为了就可以被定罪。比如说，出现在警方有待辨识的一堆人之中。尸体依旧完整的脸上透出一种沉重之色。固定不动会产生很多的焦点，所以如果我们继续保持那样的话我们的视线会变得模糊。按压舌头一定要用力，松开时要干脆利落，担忧也会找不到感觉。所以我们只能感知到却看不到人性。我缓解了一下腹股沟处暗灰色肉处的动脉。我愿意接受作为一名志愿者被怀疑的风险。旅行的时候我们不断改变着引力中心，与此同时，也改变着我们受约束的性质。进步改变事物的面貌，也改变事物的价值。爱情实际上是在相互推测。劈向巨浪的船只劈开了大海。陆地上头顶上方一只蚊子像旋转带那样不停地绕着圈。这是安特卫普的文明被揣度的一年。甚至是这个，老人一边说着一边指着舞台，甚至连这里都是一个阶级斗争的场所，表现为带有竞争意味的语言民族主义，结果会是非常疯狂的并且会使我们组织的文化活动以不愉快收场，因此我们用英语来组织活动。这艘小型调查船一遍又一遍地攀上 80 多英尺长的巨浪的北面，然后又被抛到峡谷的南面。一阵潮湿的风鞭打着咖啡厅门上的遮雨篷，鹅卵石广场上没有一丝影子。这种奇怪的工作的本质是什么呢？其实并没有什么本质可言，有的只是它所处的环境罢了。那密集而活力十足的音乐，包围圈，秘密，玛格丽特。我想我在一个土豆上面看到了一位穿着白大褂的护士，但后来我发现那其实是一只正在吃西红柿的天鹅。如果那是轮回，那便是西西弗斯式的轮回。我们会重复说我们看到的事情，我们可以选择同意也可以选择反对。但是对于霍皮人（根据我多年前读过但又忘了大多而今重新品读的本杰明·李·沃尔夫的文章《习惯性思维和行为与语言的关系》），“日子”这个词没有复数形式因为只有一天，这一天，离开黑暗回归光明，永远收集着经历；“对霍皮人而言，时间不是运动变化着的而是所有发生过的事情的延迟，恒久不变不是浪费而是积累”。我看到了一大片地上的“萝卜”，那是一些长得很像麋鹿的红褐色的小动物，它们正在吃草。私家侦探需要能够捕捉到说话人字里行间意思的能力，因为当客户的兄弟说到他的童年“毫无遗憾”，因为他的童年“丝毫没有过错”。他可能是会上唯一一个没有拿枪的人了，当其他人在酷夏的午后穿着那些可怜的几乎遮挡不了他们身体的碎布条式的短袖 T 恤站在度假酒店的游泳池周围时，他潜在水中畅游着，那时，他“一人独享整个泳池”。称这门课为“哈莱姆文艺复兴”和叫它“哈莱姆文艺复兴时期作品阅读”是有很大的不同的，而我认为后者是一种更明智的处理方法。我在编纂各种科学上的奇闻逸事，每一个故事都能填满大半个蓝色格子纸。从身体开始，我们能够感知到的都是运动的事物。他认为他从中学里什么也没有学到但是中学的价值就在于它能使你免受麻烦的骚扰。我喜欢在最后一刻用回答答案般的声音说着“继续”，冲击着你身上那不祥预感的阴霾。我是不会把埋怨归咎在它上面的。我发现我正沿着“瀑布溪”这个地方走，并且正思考着路线，每一片天空都是不一样的。或许就在称之为“1899”的时间里，我们读了温斯顿·丘吉尔的《李查·卡维尔》，查尔斯·切斯纳特的《他年少时的妻子与种族隔离的故事》，爱德温·马卡姆的《带锄头的男人》，埃尔伯特·哈伯德的《给加西亚的信》，保罗·劳伦斯·邓巴的《炉边的抒情诗》，亨利·詹姆斯《尴尬年代》，凯特·肖邦的《觉醒》，杰克·伦敦的《生火》，布克·华盛顿的《美国黑人的未来》，威廉·詹姆斯的《与老师的心理沟通》以及安布罗斯·比尔斯的《绮丽的预言》。艺术家不绘画天空，他们绘画的是时间，他们用毅力的双眼进行创作。“一个岛屿只能被暂时性地或临时性的移民占领”，一个陌生人在航行的时候把这句格言写在纸上。这跟移民法毫无关系，尽管那也有一个英雄。我们涉水（鲦鱼是那种丑陋肿胀的东西），登船。我有些生气，我想跳到水池里去搏斗，我想一拳打到那个女孩子的脸上。我们身处集市。他记得有一次野营时，大人们都在喝酒，他爸爸说他的叔叔是“一个肥胖的邋遢鬼”，而他叔叔跟他爸爸说“别说大话”，并且以竞走的方式向他的爸爸挑战，结果他那300多磅的叔叔竟然赢了。厨房油地毯下地板的翘边一定是一个长期的裂缝，我猜可能是两年前那个快乐的女水暖工把管道铺错了。那年的总统是谁呢？意识总是在前进。一个人以学生生涯开始，却和云成了朋友。请注意我在尝试着增强这些话的准确性还有他们前进的速度和耐性，我力图逃脱那正在追逐着我的改变时我正在追求改变。意识裹挟着我们越来越深地走进世界。或许意志和命运是同一种机会。

# 五　意图为探究提供一片天地，即兴创作赋予探究以方法

牛仔被栅栏边缘化。写下句子吧，无限循环的，有停顿、有玫瑰的语句。生命会增加厚度（时间的厚度）。它赋予我们一种潜质，一种在好奇的主体和一切美好事物之间建立联系的潜质。想象我们歇斯底里地紧紧靠在一起。有一天晚上，我梦到了“三姐妹和刽子手的小屋”，还有一天晚上我梦到了“道德的入侵和正义的春天”。我们处于何处？爱默生说过：“我们处于一个连续不断、一望无际的世界里。”让我们跨越性别，变装成异性。手指并不会直接僵化而是功能慢慢退化变得越来越无力，尤其是大拇指，往下耷拉着，颤抖着，不听使唤，会被外界的律动影响，比如清晨划破寂静的火车发出的汽笛声。事情有了巨大的发展。尽管日益增长的对社会生活的敏感度一直引导着我的注意力，我开始大笑——带着一丝叛逆——之后我立即为此道歉。我只是很担心，在被控制达到那完美的点，所有都离开了，匆匆一瞥，仔细酝酿，没有很高的预期时，在感情逐渐深厚的过程中，对求知的渴望加深了。我直走 1 英里，随后沿着一条弯路走向校园，一路走着，忽而灯火通明，忽而灯光昏暗，情绪也随之忽上忽下，但依旧固执地往前走下去。实验时，既不能畏手畏脚也不能完全确定。真实性在于它本身（这里提到的不是本身怎么样，而是为什么）不可描述（每个事物都有其不可描述性，这就是事实，没错！结论不是那么容易就得出的）。但是语言帮助我们去感受。所有美好的事物

都开始于第 82 页第一个单词。每个字都是一种和蔼友善的交流。在很久很久以前，其实说久也不久，在世界存在后，但在你出生前——我不能更准确了——你以为我是什么，一只钟表？是的，所有事都是按照时间顺序先后发生的。我梦见了一位英雄神射手。变革永无止境，生活仍要继续。晚宴上，悲恸的客人止不住地唉声最后叹气，不停抹着眼泪为那死去的珍稀的可怜的熊哀悼，那是萨拉热窝动物园里最后幸存的熊。但是有着无限可能性的理想世界不足以称为一个乌托邦，因为真正的乌托邦是无法实现的。生于这个充满风险的时代，风险存在于此时此地，它也会发生在任何一个人身上，包括你我。我按部就班地生活，制订日程计划，然后开始读书，一字一句仔细品读，对一些句子进行标注。我瞟了一眼，发现这些句子已经脱离它们的原意，我觉得应该把这些都告诉拉里，但我却对这种想法产生了怀疑，理性的求知，对实现求知欲有神奇的作用，在这样的条件下，我能更轻松地与陌生人交谈。思绪万千，四仰八叉躺在床上，伴着压力入睡，无数不好的念头让人无法入睡。精明的人冷眼旁观，他们发现了秘密。人行道上，餐馆旁边，有一群人，他们与上流社会之间有一道不可逾越的鸿沟。所有都一样。亨利嘲笑简，简对凯西搞阴谋诡计，威廉和薇拉都喜欢查尔斯·狄更斯。诗歌（好奇如你，或许也没有注意到）写在各种各样、大小不一的纸上。有写在一张巨大的索引卡上的，有的装订成小册子，有的题写在地图上，所以这不是手稿而是情感的流露，诗人的思想通过作品展示给外界。诗歌就是诗人表达心愿的载体。她不够勇敢，于是她把社会面临的困境（要求政府干预，反对，斗争）用非公开的形式表现出来（她怯于表达的）。他们中的两个站在冰上，兴致勃勃地漫步，对我们“毫不理会”，我站在意大利一条空无一人的大街上，身后有一幢黄色的别墅，为了拜访福楼拜，我坐着一辆黑色的马车赶了很久的路。这里秘密与序列之间会有矛盾冲突。周四温暖的清晨，我经过教堂时，看见一位风琴演奏家（假设她是吧)，正在练习，或者只是在调试她的琴。她站在峡谷的葱郁的树林里。她对任何事都无比自信，这让她变得越来越亲切有条理，直到发现只剩下自己踽踽独行，随后陷入恐慌。母亲站在船帆边歌唱，海浪被行进的船大力劈开。后来，护林员确认那是狼。你问我，我是不是故意视而不见，是不是自以为是。不，我完全否认。我“自问自答”，从自身来讲，也不知道我（或者“我们”更贴切）要说什么，也不知道规则会变成什么样。其他情况，我会去拜访塞尚。让我们为才智、美德和审美欢呼。去看望住在新罕布什尔的母亲和继父。我特别喜欢去树下“寻宝”。那些树在一个100年之久的垃圾坑里生长，或环绕在其周围生长——陶器碎片、生锈的弹簧和钉子、旧纽扣，还有不小心打碎的细颈的瓶子，虽然迄今为止我用小铲子挖出来的大部分都是碎玻璃而已。许多自给自足的野生动物（麋鹿、老鹰、狗熊、狼、蚊子、蝴蝶、鹿、啄木鸟等）散聚在北边，每个种群栖息于适宜其需求的环境中，而且它们都始终坚信这就是自己的归属地。就像我一开始说的那样，这里没有不公平。他们各自坐在房间的三面墙边，中间那面是窗户，而我，作为他们唯一的观众，正对着阳光，看不清他们的脸，所以我必须转向里面，以便更好地融入角色，因为我的观众都在凝视着我。持续了大约一场戏的时间，之后我们去了咖啡馆，在哪里，我真正学到了东西。我们处在边缘，身体不受控制，思想越界。执政者读了舍赫拉查德的故事后，更好地巩固了统治。你应该对那而不是对此表示喜爱。当一个人表示歉意或发表免责声明时，他给了旁人权利，同时他和他们就是同一根绳上的蚂蚱了，其他人也要对他的缺陷负责，弥补不足。自身的不和谐经时间的冲刷被消除了。我发现其实不管室外演唱会的声音有多大我都不在意，即使它响彻整个夏夜，方圆几里都听得到。两个瞬间并没有什么联系，相反，这个瞬间需要一次“可悲的跳跃”跳到另一个瞬间，将力量传递。写作就是这样传递感情的。

## 六 我可以数到零

每个词每句话都有一个固定的意义。意义因人因事而异。在此期间，在“诗与伦理”的“教育”记载中，我找到了一种被称作是德勒兹的概念，在这一章节中强调“无限、僵局、边界和机遇”。他说所有的伦理要求都是我们对我们身边所发生的事感到不值得。叙述从一次到极地的旅行中返回的事，但却把叙事者抛在了后面。在这里永远不会停止，绳子、漂流、拉环、拖船。我正在听鸟类学家也辨别不出的喇叭声，来掩饰我因没有停下车来去看大海的失落感。我不是鲁滨逊。我想要捍卫我的描述，详细说明在描述和被描述成什么所发现的快乐和信息，但我又意识到，在我准备辩护的时候，仿佛有了第三种可能性，即被描述。我讨厌被人描述，这使我怀疑我原有的热情，虽然它也让我想到即使我不想让别人看见我，观察我，探究我，但我也不会为此而谴责别人的眼睛、审视或视野。它最喜欢的就是山头那里流动的景色。这就是客观和主观之间最大的差异，莱斯利·斯卡尔帕诺曾说：“一个人可以对任何能作陈述的事物作一个客观的陈述，但一个人却无法对主观的意志作出客观的陈述。”一位老妇人从口里咳出一颗宝蓝色钻石，另一位老妇人从她的鼻子里吹下一颗绿宝石。在战争中，每一方都试图使其听众相信他们可能会付出的最高代价。当光线投射到沃特福德的水晶体上时，当贝尔·布莱恩特帽子的复制品在聚光灯下缓慢转动时，明亮的光线照亮了整个房间，此刻却爆发了战斗的歌声。他们把它叫作“瓦伊陶伊”，然后我把它放在桌子上湿漉漉的玻璃上。这都是所有的消耗品，它都是关于那些喜欢足球的老男孩的消耗品。在田野的周围，刚好在栅栏外有一条浅沟渠，浅沟渠里面衬着硬塑料。当蚂蚁收藏家在田野里惊动马匹，直到马匹抬起马蹄猛然弓背跃起，马蹄猛烈地刨着大地，雷鸣般的马蹄声驱动着成千上万的蚂蚁。如果一个易受骗的人想教她自己学习怀疑论，那么她必须抵制提供任何解释的冲动。非逻辑的推论是不合理的，但无逻辑的推论是虚无的。一切事物都有其存在的原因，不断变化的内在联系就是我们所谓的命运天数。当我们走在一条泥泞的小路时，灯光在德尔塔城市的上空翩翩起舞，我们将会看到一座钢桥下面的工业区流着一条布满青石的广阔河流，在倒影中可以看到三个白人男子坐在划艇上钓鱼。更加讽刺的是，我怀疑自己是在对面的一家商店里买的密西西比马克杯，那是我的“自由之杯”，我称之为固恋之杯、使馆之杯、便利之杯或夸张之杯。以否定的态度来看，我是指我们痴迷于未知的、毫无意义的、无法形容的、不可接近的、难以承受的、僵局的一些事物。以崇高的态度来看，我指的是差距和随之而来的狂喜，伴随着它的双重性、惊奇感、敬畏感、疏离感和难以言说的神情。以肯定的态度来看，我指的是一种承诺去打开这个缺口，以便为新的可能性、多方面的慷慨、宽容、给予和接受所拥有的快乐腾出更大的空间。但是，我们将会看到我们会付出更多的代价。怀疑是一种指控的形式，一种被怀疑的指责，因为，如果这个问题被证明是真正可疑的，那么它就会被诋毁和谴责为不相关的，但更多的可能是对这种怀疑的一种释放，留下一个问题不去揭开谜底，仅仅把它搁置在一边，最终只会剩下一种冷漠的怀疑。会有遗憾吗？——想必更多的是后悔和指责！一天，公主跨过一条溪流，拿起了她的望远镜，发现了一群小鸟，但是由于光线反射惊动了那群小鸟而使它们飞走了。尽管“不”这个词对她没有任何意义，但她也不确定那里是否有山雀或长尾山雀。正如汉娜·阿伦特所说，“虽然历史最终成为人类的故事，但没有人能够成为自己生命的作者”。神秘主义者，阿尔卡季回应说，没有什么能够通过瞬间记忆记录。的确。醉汉坐在圆木凳子上说：“那里就是所有河流的发源地。”清醒的人在沙滩上回复道：“那一定就是密西西比河。”在这个国家里大约一个小时的行程就到了南方，那里是一个充满懊悔的人的罪恶的花园。根据戈雅的说法，理性的沉睡造就恶魔。我喜欢因为兴趣而高兴，我渴望从兴趣外得到一些东西，而不是对兴趣感到恐惧。有了死亡的威胁和承诺，可能会有一种突然的自由感。但对于死亡者来说，她的朋友和家人却对她的死亡产生了一种限制感。因为在通往死亡的路上，生还者就像囚犯一样。她把她的小指藏在她的拇指下，让三个中指指向左边，表明我是夸大其辞。一天晚上，在我梦中出现了一群被拴着的狗，它们都朝不同的方向拉扯绳索。那个梦里的记忆现在只是一个缩影。在一个倾斜向西的帐篷里，我和我的两只小猫在一起，现在它们长得跟黑豹一样大，还有一只雌狮，它们像朋友一样对待我们——或者我更应该说我们身处在另一个动物王国里。它们可能会为自身的独立而争论不休。它们完全忽视了我们灵魂的存在感。我打断了它们的争论，尽管我这样做了，但从某种意义上来说，不是为了扩大力量，而是更好地参与、证实、协作。当然，说一些不能理解的东西是没有意义的，然而，尽管你无法理解我对你的爱，但告诉你这件事也并没有什么意义。树叶正被风吹过打开的窗扉，自己摇曳着，摆动着，树叶变成了一只小飞蛾，又变成了一个狮身人面巨像。我通过一种流派到另一种流派，经历了不同的感受。曾经有一个美丽的公主，她最喜欢的颜色是红色，她住在一个黑暗的森林里，那里只生长着一种很小的黄色的花儿。熔融的金属冷却并被打成脆摇铃，而小孩子却天真无邪地指挥着小猫和响尾蛇共同与海龟战斗。迈克尔插话说他的朋友本认为乙烯基远远优于CD，而雷声音沙哑地说“为克拉克而欢呼”。在沉睡中接收信息恰似白日做梦。在社会的舞台上，我们努力调整我们的梦想去打破我们每一天的伪装，如我们未曾有过的渴望一样滑稽可笑！我仔细地看着照片上那些人冷漠的表情，他们咧着嘴，不是故意做鬼脸或咆哮，而是仿佛在哭泣。千篇一律的话语是不必要的，也是毫无根据的。尽管恐怖，但我担心的不是它们的声音，而是它们的陈腐、它们的离奇古怪。它们犹如未了的夜思，未裁的下摆，未换的齿轮。偶然的洞察力。不是的。以那种方式。以这种方式。凡世无受托，俗尘亦有意。

# 七 这是快乐的隐患

这件事正在发生。这是对福楼拜的致敬。曾经有一个公主被变成了一条鲑鱼，而后又被变了回来。语言否定不了任何东西——但是这种说法是错误的，既然语言否定不了任何东西（换言之，不否定），那么它便会否定任何东西（换言之，否定）。一个守护硕果和风琴之地的词汇。这正是我们写作的原因。它是一种策略，一个机会。如果我们一出生便接受了我们的命运，那么一个孩子可能会被问到的问题便是在她坐等命运的来临时她会做些什么。有人让我去寻 117 这间屋子，但是我却怎么也找不到它，我被告知它的确存在，不过是存在于我的灵魂已经出发了的平行世界之中，出于那种原因，我已身处其中了。穿过沿途竖立着的障碍并非难事，我不过是用穿插着走的方法蜿蜒潜行于其中。我经过的每个人都移开了她们的目光。动物们似乎已经忘却了恐惧，一只野兔缓缓靠近了我，小蜂鸟则在我的旁边翩翩飞舞，花园中的红眼雀也早已与我相熟。有界限的地方总有暴力发生。然后那只吉普赛人养的鹅就会跳到床上不停地啄着我的大腿直到所有的蚂蚁都被吓跑。这便为我提供了一个能够向着推理思考的临床表现。湖边的哲学家总是想着潜到水下去探索，殊不知隐藏在水下的是赤道。我会什么也不写，然后慢慢数到零，最后再回到极地。有瑕疵是最好的，因为最好的信仰会变成最好的。如果放弃奔跑，我将一无所有。我站在被我的黑色眼镜片遮挡的双眼的下面那个用绷带缠着的随时准备提供给人们急需的大量奇闻逸事的复印机旁，说这个毫无意义，我为什么要说这个呢？亲爱的，其实说个“再见”就足够了。秃鹰们向下俯冲，它们飞得是如此的近以至于我都能听到它们羽毛的轻拍声以及它们嘴里面所发出的奇怪声响，比起呼喊声更像是大粒种子在罐子中碰撞所发出的那种沙沙的声音。力量、个体、季节、形态、种群、位置、性别，一切都是转瞬即逝。纹理映射出了一种浅黄色的鹅卵石。争执不休则创造了从业者。这是一个教二年级的老师察觉出来的具有数学天赋的女人。仪式冲击着宁静，而宁静却又促进了仪式。我放下了昆虫学的课本。一件实际的东西确实在某种程度上可以成为这种言论成为真实的理由。但是梦境的征兆不断浮现，它们拖曳着步伐缓慢前行，跟随着那个身体大部分坐在椅子上因为其间停顿了太多次而不停地向前后数着数否则就会被超越的女人。说话者会快速移动，给那些在此范围内和在那个范围内发言的说话者快速让路。命运从未失去它对世界的掌控。如今，那个双耳近乎失聪，年岁近百的老妇，仍然能够与她的访客们相互问候并互相取悦，她的访客们熟稔各种各样的习俗并且知晓它们在什么时候适用然后随时进行恭维，比如说：见到你很开心，你看起来很棒，这之类的在任何场合都很适用的话。她们的微笑神奇地延伸到了她的脸上。我将那无辜的头发掩藏起来。我开心地把头放在了我的大腿之间，但它却立在上面看起来就像是长着齿状眼睛的独眼巨人。我们通过了解人们的行为来了解他们的为人，没错，我们也通过他们的经历来判断了解这些人。一个牛仔可能也想出名所以他挥舞着他的帽子，因为他认为英雄的塑造是可见的。回应：格言都是有寓意的。我失口说出了秘密后双眼紧紧盯着那个听到我秘密的幽灵。我的姐姐告诉我我的侄子想要研读历史学位，我用了一种极具感染力的热情对他讲到我们所熟悉的历史是由数不尽的前进与退步共同构成的解释，而每一个解释又有它们自己的历史的时候，他打断了我：“不，别告诉我这些，我之所以一直想要学习历史是因为在我的童年里我早已对无限感到了恐惧。而历史是有尽头的，它是研究过去的，所以别告诉我过去是无穷无尽的。”那个有着蜿蜒小溪的森林如今已经有了州立公园的雕塑，那条 5 英里小路尽头的古老的鬼城原是一间废弃的博物馆。我会在我笔记本上写满阐释角度各不相同的事件，这让我恶心呕吐。不，我们没有下沉。海水依旧坚硬。我们已经从罗盘和太阳的转动声中得到了警示，所以我们已经做好了准备。我看着日落，浑身起满了鸡皮疙瘩。我看到了传说中会带来厄运的鸟儿，但事实确是我被好运缠身。我们总是根据事实来说话。我一直都坚信着无论我们的谈话有多么的令人生气，又或者我们的意见一致与不一致时的压力有多么的大，我们都是为了追求好的方面。但是最近真的很热，又或者是天气加剧了变化，开始集中变化了起来，所以人们就像是感知到了危险那样不停地流汗。陌生人参与着那些有的持续不到一秒钟，有的却已延展了数年的活动。一次停顿，匆匆一瞥，一朵玫瑰，一顶针织的帽子，路人匆匆经过：还有笔端某事。他们是偏执的人，他们称我的父亲是一个左倾极端主义者。钢笔牵引着骚动的墨水进入了我的世界。你很难从流水中全身而退，离开那灼烧着衣服的篝火也绝非易事。为意义赋予内涵这种表达便具有了意义。在这院子的全部空间里。对我家的温妮来说，你家的威利是如此的令人信服以至于满怀担心的护士急忙冲了进来。我以为我看到的是铺在床上的一个满是褶皱的毯子，但随后我看到的是他脑海中即兴创作的灵感。坟墓中埋葬的是骨骸与荣誉，但真正逝去的是经历。这不过是转眼之间的事情，但那之后公主记起了那条河流的阴霾，暖水与寒水的交织，从山丘慢慢滚入浅滩的岩石。如果你有足够的时间的话，你会记起这所有的一切。

# 八　重要的事物出现了，我把它藏在了文章里

那是一种肯定。但是我们仍带着悲观的情绪去渴望。冠词、形容词、形容词、名词、动词、介词、代词、名词、逗号、代词、名词、破折号、动名词、系动词、介词、冠词、名词。现在比较一下屋里屋外我昨晚和你说的那句话和今早对你说的那句话，我都拿不定关于这个电影的主题，但我认为这部电影真的会使我感到抑郁，它的颜色基调，故事情节，它的结尾。对于一只蜘蛛来说，从蛛网的中心移动到蛛网受到撞击的部位，它需要得到确认。阿那克西曼德注意到，卡尔·贾斯帕也曾说过："一旦世界上有了人的存在，那么罪恶便会毫无疑问地成为他们对抗世界的不可避免的后果。"论证要从三段式展开。其可以反对合作。探险者在帝国的航线上前进着，而使他们疲惫不堪的正是那宽广的地平线。国王们则在上好的绿色沙地上下着棋。严格上来说，观察于实践无补，但尽管是这样，我们也只能期望着观察能够起作用，期待着它们一定能起作用。一天中的大部分观察都没有什么实质性的进展，如果他们把自己的调查随意储存起来，那么那些调查一定不会被存进我们的大脑里，我们也就失去了它们，他们也就不再属于我们。我感触颇多地醒来，但要是我的感触不是被触发来得的又该怎么办呢？要是它们不是我对于外界刺激的回应而只是作为单纯的情感而独立产生的呢？人类也不过是自己的产物。性格是很容易使人误入歧途的因素，除此之外，还有来自外界的嘲笑

以及迷惑。人们写出来的作品的焦点可能与人们正在思考的焦点不重合。似乎我们那井然有序甚至是带有强迫性的注意力习惯，尽管远次于那些年复一年率先观测着恒星运行的轨道以及它们相对位置间千变万化的耐力十足且又谨小慎微的经验主义者，我们仍相信一小时，一天，甚至一年，其增长先是出现在我们的脑海里，然后岁月积累，才会为我们的意识所感知，然后再把这种感知增添到我们的知识体系中，这就好比是桃子由好变烂的过程，最起码，这就是我们生活的组成方式。这是个隐秘的过程。正如格特鲁德·斯泰因的终生导师威廉·詹姆斯所观察到的那样，“这就是事物产生的原理”：“现实，生命，经历，具体性，及时性，用那你将能超出我们逻辑的话语，过多或适当地描述着它——我所说的现实，意思是指事情发生的地方。”如果是那样的话无论何时都是现实，因为现实就是我们所处的尘世。摄影师被描绘成了一个在吟咏诗人圈子里投掷雷球的年轻人，一群奶牛躺卧在清晨的露水上奏起忧伤的和弦，造鞋匠因为突发心脏病而不得不关掉他的店铺。一个人想让他的作品能够被大家认可，这个人追求的是能为大家所接纳，但不是为所有人所接受。这个昆虫学家，正如她自己所说的那样，她可以告诉你她学到的关于昆虫的一切知识，但她却无法告知昆虫们自己想法的任何相关知识。这是现象存在之地，亦是窘境存在之地。相似性，一个人必须跟随自己相近的方向前进。房门上的深蓝色彩绘是用来驱除邪魔的，如果它不能将其完全驱除，那么瓜达卢佩圣母的雕塑便会完成剩余的任务。两个穿着黑色外套里面套着棕色内衣的极其炫酷的我猜测是吉普赛男人的家伙正在喷泉街车站弹着吉他唱着歌谣，他们是一对双胞胎，至少在我看来，他俩除了一个人唱着高音另一个人唱着中音外长得几乎一模一样。他们两人的声音彼此间完美地映衬着，一连好几班火车我都故意错过，这也是我之所以迟到的原因。一个事件是瞬间的冒险。来自东方西方的男人女人们他们集合又分离，而我的困惑还是依旧有的明白有的不明白。草丛里腐烂的苹果散发着泥土的气息，这是我突袭那两只小蜜蜂迫使它们极速飞走之前它们在草中轻轻拍打翅膀的结果。意图为探究提供一片天地，即兴创作赋予探究以方法。你可以看到一只森林狼走过一片瓷砖。这一切都会以很多种方式产生。但是偏执总是专用于执行分离和保持分离。弗拉士的伙伴们发现明朝的科学家已经完善了可以只杀死高智慧生物的死亡尘埃。怀疑现身，它会捕捉那些它怀疑的东西。我是一个国际主义者，换言之，我是一个反国家主义者，是的。当我要面对判断其他人的行为是否合乎伦理的挑战时，最好的情况就是假设他们的行为是复杂的。被感知到的事物，为我创造了理性。世界上有无穷无尽的正在推演的数列。我的祖母发誓每天学习一个新的单词并且从不以在她那个年龄段还跳舞为耻。她说，她的秘诀就在于那能勾起她性欲的用石榴籽装饰着花边的沙拉。这篇家族传记中的有些段落一定得是用西班牙语写的才行。这里是一部小说中的一个情节：一个情感热烈的女子在受到岁月的洗礼后感到十分羞愧，于是她终日足不出户，她感觉自己不再优雅高贵，她认为自己再也不适合出席任何场合了，她决心创建一家戏剧公司。这种艺术的标识，这种独特的标志，代表着曾经的人们在曾经的时光所曾经思考过生活过的地方。两年之后，我将早早起床并耐心等待着我那一直以来服从命运安排的心态的改变。保持舌头现在的位置不变，坚持一小会儿，然后快速释放压力并将舌头熟练地从牙龈上挪开。水果的产量大得简直不合逻辑。一部小说会幻想出一个我从未拥有过的家庭氛围。我记得我坐在苹果树下吃着格拉文施泰因苹果，在酷夏午后的阳光照耀中，那个树上的小生命仍旧使我感到凉爽。就像这个，充满着令人无法理解的差异。三个鸡蛋与一片墨西哥玉米饼——意识中的存在。那只巴斯夫人喂养的没有被驯服的住在隔壁的野猫总是会半夜三更越过她家的墙来到她的脚下大便。对于那种致命灰尘，世界上只有一种解药。那就是坡拉炸药。我们说那些不能为爱而频繁现身的人只能不被人爱，这样子说是不准确的。我们是谁？我们的生命也只能揭晓这其中一部分的答案，还有一些仍旧隐藏在我们的意识之下。我们人生中的大部分时间都是与众不同的，远多于那用来反对和区分它们的过渡时间，但是童年和壮年，青春与暮年，永远不可能并行，除非真正存在那些电影中存在着的平行世界。正是在这样的一个空间里婚礼舞曲翩翩开始。这里的实验不断扩充、添加、延伸。墨西哥流浪乐队的成员们，总是一脸阴郁，时时刻刻地在屋外等待着工作。一个人一定得认可真实世界的价值，它必须被珍视。当它不被珍视的时候它就会停下来强制寻求我们的认可。总是有且仅有那么一天，在那一天里我们会培养一生的羁绊。

# 九　意义偶然地赋予句子以理性

自从第一次看到这个，我就想写点有关它的东西了。也许这看起来有点奇怪，但接下来的故事却让我兴致盎然，当然使我感兴趣的并不是它的情节，而是那些让作品回归本真的思想。我仍是一个存在主义者。存在先于本质：我们先存活于世，进而找到自己的定位。一旦存在便不可改变。对于准妈妈肚子里的宝宝来说，我们知道他应该是个男孩，可我们还是在期许中摇摇晃晃，拿不定主意，只等着他的出生对此予以确认。即便作为一个婴儿，他也在无畏地思索。通过聆听树间的风声，我仿佛找到了风儿的来源，如果不是在一个和银河系类似的星系，那也至少是存在于其他星系里，这些星系的遥远不仅仅体现在地理、物理或者天文方面，更多的是一种情感层面上的遥不可及。对此，我想了解更多。于是，我躺在床上辗转反侧，拿起枕头紧贴着耳朵，睁着双眼，难以入眠。奥古斯汀曾经提到过这一时刻，他说："对我自己而言，我本身就是一个问题。"这句话就像一把抒情之梭或一个木匠壶，是可以被改变的。真正重要的是变化过程中的活跃因素。有这样一种我不再认同的思想，我把它称作"命运之爱"。政治家重视对结果的思考，但诗人必须放弃结果继续思考。但真正所指是值得尊重的。曾经有人指出"所谓的语言写作"，但是时候省略掉"所谓的"了（或者认为这就是一个所谓的"所谓的"）。意义只是一串流动的文字——一些饰有彩带的名字。除此之外，什么都不是。但是那些钟爱物质主义，随遇而安，和后现代主义的人都为世人贴上“经验主义者”的标签。我是由世界构成的，但世界并不由我构成。这个世界很久以前就已经存在了，以后还将以现状继续下去。有太多太多的问题。一个人记录自己的心情（6月26日：抑郁烦躁，有点悲伤；或者7月5日：激动不已，因潜在的幸福而心烦意乱，但或许幸福和潜在性是同一件事?)，也许并不是出于自恋，而是希望这些文字可以留下一点光阴的痕迹，不仅能记录下自己内在心情状况，而且还能记载外在世界的状态。记录下的生活总是点点滴滴地存在着。时间本身能够生产的财富越来越多，尤其是从产品经济转变为服务经济以来。很久以前，有一只鸟在一根弯曲的树枝上产下了一块人形石头，邀请一只蜘蛛来帮它抚养。他们称这块大石头为阿佛洛狄忒。我父亲的坟墓上出现了一朵非洲小花——意料之外，但并非偶然。风车不会无缘无故地放在某个地方，而是因为风车的出现，一个地方才得以存在。但波莫人（北美印第安部落）又设下了什么陷阱然后又给它取名为“不要紧”呢？我们不得而知。我固执地坐在通往后现代无限主义——一个边界的关口，大笑着。他需要的只是一杯热水，因为他已经有了自己的茶。如果让我决定把尽可能多的情景再现插入这本书里，像一本自传一样，就像它在自我表达，那么它所表达出的东西就只存在于文章里。随着文章分解为句子，它想表达的意义就会发生改变，甚至消失在我们熟悉的影像之后。这有可能会影响，甚至阻碍一些发展，而这些发展正是产生价值（对熟悉的情景再现的认可）所必需的。其他人想躲去地下室，但这并不符合逻辑，凭什么说地下室就是更安全的呢？当我们在沙滩上散步时，一只全身斑点的短毛狗狗走近我们，看起来它很喜欢我们。在散步的过程中，它要是走在我们前面的话，就不时回过头来看看我们，确认一下我们是不是还跟在它后面。要是它走在我们的后面，就快走几步，跑着赶上我们。然后突然之间，它就离开了我们。正如威廉·詹姆斯所说：“说到底，机遇和馈赠这两个名词在概念上是一样的，它们都是我们无权确定拥有的东西。”一个句子末尾前面有好几个逗号，句子中间还有问号，是的，但是还需要语气来决定重点，需要语气在句子末尾表达质疑。不同的格言之间有互相的讽刺，当然这说起来有些敏感。我过去因为恼怒生闷气的时候，愤怒就是我本身。或者说最初引起愤怒的因素（有一片混乱然后要整理一下，但以一种匆忙近乎疯狂的方式，不能容忍一点干扰，没有一丝停顿，就好像赶着要交差似的）消失后，我也想不明白当初为何要如此匆忙。虽然我知道清理残局（待刷的盘子，散落在桌子和沙发上的报纸，书架上不再鲜艳的鲜雀花花瓣，待叠和待洗的衣物）都是一种准备，我并不是在为某项检查做准备，也不是为宾客的到来——因为要在特定的时间开会而做准备。我所准备的是“准备好”本身，那些不需要准备的事情，而事实上这些事情不会再往下进行了，因为这件事本身就能产生很多的乐趣。在梦里，我梦到父亲，他转过身来（当时我正在穿过一个大商店，他就站在店内的窗户旁边，像幽灵般穿过厚厚的玻璃板走出来，随后我把他介绍给拉里认识）。到这里梦还没有结束。我有所察觉并打断了那些重复的细节和散漫的主题。完全清醒以后，我一边时不时地端起身边无茶托的蓝白相间的杯子，呷几口仅剩一半的凉咖啡，一边想着写作的过程就是重新塑造的过程，尽管重塑就像做梦一般。对于我们来说，晚上的时间从来都不是自由的。最明显的相似与音乐有关。我们用一个晚上的时间来计划出去玩，却往往最后留在了家里。我感到同样的纠结，不论以前还是现在，同样都是急匆匆地回家，这样的情况对于我来说一点都不陌生。现实中的无聊乏味变得清晰可见，我们必须好好思考。那是在 8 年前，在文字荒漠侵袭之前的一段灰暗的时期，我第一次从乔治·莱考夫那里听说“电子邮件”。但直到 5 年以后，多亏了贾·豆飞，我才遇到“迥异”的定义，然后开始对这个问题有了更深的了解。诚然，地理位置的改变并不会影响鸟儿的迁徙顺序，尽管很多鸟儿都是独自迁移。菲利普一直以来都很轻慢，但现在也没有那么不满了。阿曼达曾经经历过绝境，却也没能给凯特提供多少意见，而凯特对于朱利安高尚的伪善总是很鄙视。吉尔不再隔离自己，弹起了小提琴，卡罗尔减了肥，弗洛伦斯却增了重。德米特里总是愁眉苦脸的，现在却会说7门语言。相比之下，拉尔夫却只会说本地方言。佩特拉总是大声地说起她的儿子，但我们总是说不准什么时候就不相信她的话了。一个人总是不愿意写下那些普通朋友的琐碎小事。但随着时间的流逝，我们却总能感受到资本主义对人们日益严重的影响以及生命慢慢迷失的过程。在把车开进停车场时，我们在路边待了好几个小时。停车场靠着一个小咖啡馆，在这个咖啡馆的柜台那儿一群当地人在大声讨论“吹喇叭”。我们都走过羊场并忏悔，在我们把鞋子在水池里浸湿并把刀叉在鞋底上摩擦的时候，有人给我们展示没收上来的一个鲨鱼的阴茎，风干了的狒狒的头，鹿和羚羊的蹄子以及五罐英国牛肉汤。睡眠不会说话，它只是为人提供休息。一只狗走近一个男人，撕烂了他的整张脸。与此同时，这个男人的胳膊死死抓住这只狗，折断了狗身上的每一根骨头。然后他们两个就这样并排躺着，一副濒临死亡的样子，彼此都紧紧抓住最后一丝生机。其他的组合也是有意义的：句子赋予意义以理性，理性在句子中成就意义。福楼拜曾说：“句子应该一直贯穿于一本书中，就像丛林里的树叶一样。尽管每片树叶看起来相似，但实质却不同。”在边界之内，我们可以尽情地夸张想象。虽无实质内容，却也津津乐道。这就是艺术的功能——保存那些无形之美。

## 十　现在距离故事的开头已经很远了，作为一个钟情于开头的作家，我又开始了

又开始了。飘忽不定地，孑然一身地，突然之间变得恼怒起来。故事开头的摄影师爱上了她拍的景物。她对诗意般的认知状态表现出极大的关切。这表明，我有着不可遏制的热情，一直以来我都对别人的观点感到好奇，从来不能做到对这些看法视而不见。每当我内心升起一种感情（一种确定的感觉，或者更广泛地说，是爱，或者恐惧、懊恼与愤怒），这都意味着某件事正处于紧要关头，这很重要。诗歌，相关性，认可，野蛮，边界。在我还是个小孩子的时候，我很害怕患上破伤风，因为它很难治愈。后来，我又害怕不理智，因为这会让我表达不出我想表达的东西。从鱼鳍到耳朵，从鳞片到皮肤，是海港让蜜蜂们厌烦至极。现在再来看加利福尼亚的姐妹，画上的妇人，海军和将领。据苏格拉底所说，一个人不论做什么事情，都应首先确定自己的意志，全心全意，然后再投入自己一生的时间。我把发生在别人身上的事情归因于自己身上。当我推测出一定是因为蜘蛛咬了我所以我的右手肘才会肿胀，慢慢变成一个像乒乓球那么大的包时，又过了几个月，我向一个朋友说起这件事，突然之间，我想起本不应该是我的手肘被咬到，应该是李的。当我说出是我自己生动的想象导致了这件事情的时候，并不是因为同情使得我愿意去受伤，而是一种对于经历的贪婪的渴望。我们不从平淡的空白谈起，这样的开头还不如没有。我现在已经有了一把利剑，但我不得不收敛

起它的光芒。我曾经看过一部电影，名字叫作《统一世界之西方的疯狂》。其中一个男高音唱道："在战争年代，任何人都不应只顾自己。"然后女高音厌恶地把手中的汤匙扔掉。他们说，叔本华是这儿的常客，因为他爱香肠，又怕为所谓的诗人的惯例所束缚。是皮拉尔、约翰娜还是多拉？人生伊始，我的本性不会为任何名字所限制。芬兰人。马尔卡人。窗户既不放在入口处也不放在出口处，这是为什么呢？因为它有可能会被人打破，这确实是个麻烦。太阳的光芒是如此的耀眼，我始终也无法逃离，这是它本性中团结的力量。未来是这样的：她将住在一幢金色的大房子里，这是科瑶坎（墨西哥城富人区）极其奢华的一套房子，到处都由贵金属钴所装饰，这座房子的墙壁挡不住巴斯寡妇养的一只猫，它总是偷偷摸摸地来到这座金房子里。生命可以从源源不断的生活获得新生的活力，同样的，生命也可以从暂时的生活的静止中获得前进的动力。我妈妈曾告诉我说，只要能够看到我的努力没有白费，我就会觉得很开心。死亡，毁灭，消逝，西甲硅油咀嚼片以及德拉克鲁瓦（法国画家）都具有推迟的一致性。每天我都会用一个小时把大千世界看作我的灵感，随心所欲，这就是我的需求。15 张尚未设计出的邮票，它们对于这个时代有着不可磨灭的印记，为这个时代画上一个完美的句号。从现在开始，我记忆中的人将要过一个不一样的生活，这既不是最初的生活，也不是最后的。我们现在所共享的，是处于这两者之间的时代。每天一次，她都会躁动不安，每当此时，她的心就像筛子一般，满是漏洞。分析一下她的做法。这个年老的作家既不沉静也不烦躁。那些不屑于被理解的人并不仅仅是创作了苦难作品，他们是真正地痛苦。女人们靠卖自己的缝纫品生活，男人们在矿井里工作。她告诉我，人们的精神水平下降，社会发展迅速，她一定能找到更好的工作，所以她决定放弃自己目前的工作。但她迟迟不敢拒绝现在的这份工作，她总是觉得如果因为自己放弃这份工作而对任何人不便，她便会感到十分的痛苦、恐惧或是罪恶，因此她把与老板的会面一推再推，直到如今她也没能离开自己现在的工作。你努力地想在你想做的、你认为自己正在做的和你确实正在做的事情之间寻求一种平衡。水和蜘蛛在某种意义上是一样的。如果我们所关注的顺风行驶的船的总航程能够有所增加的话，那么同样的，这艘船所投下的阴影就会使整片海域变暗。我们开着船，希望它永远都是无坚不摧的。有的时候，人们会载着石头过河。那个在马路边绊倒的女人，走进餐馆，刚一坐下就开始掷骰子，左右手合在一起。与其让一首诗以一种诗意的语言面世，我宁愿接受诗歌的不同译本。在她后面，亚美尼亚人正在玩着五子棋。他们从来不下白棋，除非有明文规定。这样的事情是有一定影响力的。我们通过使人们改变的事情来了解他们。我走在雪里，跟随着前人已经模糊的脚印。我同意和坐在我旁边的男人的妻子交换座位，然后我后退两排，走到本该是他妻子的座位上，座位处于一个胖男人和一个带着小宝宝的女人之间，我艰难地挤到他们之间坐下。我看了一眼一个坐在过道旁边的女人，她微笑着说，好人不会有好报的。这种替代改变了幻想，而这就是最好的安排。我女儿让她的两只乌龟在她养的公鸡旁边休息，我儿子花园里的蜂鸟，仍然为从诗人的寡妇的花园里过来的流浪猫所困扰，但两只老鹰站在柏树的最高枝上似乎是不无兴致地俯瞰着四邻。这是一片很大的领域，人们可以从这里学到很多深刻而重要的知识。每个胶卷都有 10 英寸高，22 英寸长，如果我展示其中的一节，那么它将永远持续 6.6666 秒。这个年老的女人"追求孤独"，但她的心"在四海八方"，她"喜欢在丛林中游荡"，她"有好多憧憬"，还有，她"会在梦中歌唱"。我们不会忘记狂人所表现出的耐心——他们对细节的钟爱（树下带着显微镜的大提琴演奏者和抱着书入睡的獾州人），喜剧中每一个人都格格不入，不在其位。为了创造合乎道德的生活空间，每个人都须消除恐惧。在夜晚，我们须让主观性持续几个小时，在此期间，我们会感受到自我的主观意识并且进行自我判断。

# 译后记

现在想来，翻译这本书似乎是冥冥之中命运的安排。

2010 年 9 月，我赴美国加州大学伯克利分校英语系访学。在短短三天时间完成了找房租房、与导师预约见面、课程选修后，就开始了独自一人在异国的学习和生活。

尚记得第一次去见导师 Ian Duncan 教授时，偶然瞥见另一间办公室门口上显示的教授姓名是 Lyn Hejinian，当时就想："多么特别的名字啊！"因为 Hejinian 这个姓马上在我的脑海中变成了"贺吉年"三个汉字！对，就是这三个汉字的拼音！多么中国、多么吉利、多么喜庆、多么可爱、多么易懂易记的名字啊！

尚记得听完在伯克利的第一次课后（弥尔顿的《失乐园》），我一走出教学楼，迎面就看到了那幢有些罗马风格的图书馆大楼。一进大厅，迎面是一张铜制的长椅，椅子的左首边坐着铜制的马克·吐温先生。我想起了吐温先生的跳蛙和可爱淘气的汤姆·索耶，想起了开阔浩荡的密西西比河。我紧挨着这位大文豪与他合影留念，由此开启了一次次图书馆朝拜之旅。

尚记得第一次在图书馆找寻书籍的情景。忐忑、惊喜、感叹。原来外面看来好像只有矮矮一层的图书馆，里面大有玄机。沿着旋转楼梯一级级一层层向下、向下，到达标有"文学"的那一层。一排排书架映入眼帘，细细看下来，竟有那么多陌生的书名、陌生的作家名！是的，读者您也许猜到了——我就在当时又一次看到了那个我印象深刻的“熟悉而又陌生”的名字：Lyn Hejinian！原来这位教授也是个大作家啊！

这就是我与琳恩·荷吉妮安这位美国著名语言派诗人的邂逅。

我在伯克利借阅的第一本书就是她的《我的生活》(*My Life*)。这本书开篇几行文字就颠覆或刷新了我对英语诗歌形式和意义建构的理念。这短短的几行文字，尽管没有什么深奥的字词，但我一遍遍地读，似乎懂了，又似乎没懂，似乎感觉每一次阅读都有不同的理解。有些意义的空白，似乎在吸引着我去填补。这是多么不同以往的阅读体验啊。

我从此开始了对这位诗人以及美国先锋派之语言诗的探索。阅读、试着理解、试着欣赏。潜意识中我的心底当时就埋下了一粒种子，一粒把琳恩·荷吉妮安及这部作品推介给中国读者的美丽的种子，让这粒种子可以在中国这片大地上发芽、开花、结果。

2017 年初我在发给琳恩·荷吉妮安的邮件中正式提出希望将其作品翻译成中文并在中国出版的想法。我自知自己水平有限，徒有热情远远不够。但令我惊喜的是很快收到了琳恩鼓励和肯定的回复，还提供给我相关的美国卫斯理大学出版社主编的联系方式，并让我把已完成的部分译文发给她。不久我收到回复，得知我的译文被其委托给一位中国学者匿名审核，结论是除了个别地方有误解外，译本质量很好，建议再通读一遍全文。我很高兴我的译文得到权威专家的认可，也很感动作者及美国相关出版社负责审慎的态度。当然，在后来进行全本翻译时，我对全文的仔细通读已不止一遍了。

我最终确定翻译的版本是卫斯理大学出版社 2013 年出版的《诗意人生》(*My Life and My Life in the Nineties*)。本书如其英文名所示，由两部分组成，体裁为自传体散文诗，被誉为美国语言诗派的扛鼎之作，体现了美国语言派诗歌创作的一些典型特点，如诗句的碎片化、叙事的非线性以及文本的开放性等。1980 年

*My Life* 初版时是由 37 个部分组成，每一部分包含 37 个句子（诗人时年 37 岁）；1987 年 *My Life* 再版时，已扩展为 45 个部分，每个部分也相应由初版时的 37 个句子增至 45 个句子（诗人时年 45 岁）。2003 年，另一本 *My Life in the Nineties* 单独出版；直到 2013 年卫斯理大学出版社发行了这两本书的合成本。

本书以第一人称记录了作者 37 岁、45 岁乃至其整个 20 世纪 90 年代的生活，时间跨度半个多世纪。生活，对作者而言，似记忆与现实交织的历史长河，像点点滴滴散落一地的璀璨珍珠。真实生活中，客观与主观同在，思想与具象并行。本书既描写作者本人，又述及其爱人、子女、父母、祖父母、叔叔、姑母、朋友；既谈论时间、地点与大自然，又涉及思想、语言和意义。每个部分都包罗万象，既互相融合，又各自交叉。在积极呼唤读者融入的同时，又重构了读者自己的生活。这就是埃科认为的"开放的作品"，洛特曼认为的"内外互动的文本"，伊瑟尔认为的"具有召唤结构的文本"。总之，是一个迥异于"文学作品"的"文学文本"。

本书内容的自传性虽不容置疑，但作者处理传记性作品的手法却前无古人。有人把它定性为一部后现代女权主义的作品，也有人认为是一部典型的反思性再创造和创造性再反思的佳作。无论如何，由于本书的叙述手法颠覆了广大读者对传记作品的心理期待和传统思维，再加上语言表达的陌生化处理，以及其对人生、自然、语言及意义诸方面深刻的哲学思考，使得本书具有很高的读者参与价值、艺术审美价值和哲理思考价值。

到目前为止，国内还没有这部作品的中文全译本，本译作为首译。究其原因，一可能和国内"中国优秀文化走出去"的大环境有关，再可能与语言诗翻译的难度有关。据我所知，国内学者最早研究琳恩 *My Life* 这部作品并翻译过其中片段（第 1 和第 16 部分）的有湖南师范大学的郑燕虹教授，有系统译介、研究美国语言诗，其成就在国内无出其右的华中师范大学的罗良功教授，另外还有国内其他几位研究语言派诗歌的著名学者（在此恕不一一列举）。诸位专家学者的前期研究成果让我在全面译介琳恩·荷吉妮安的这部优秀作品时受益匪浅，在此深表谢忱！

中国学者何辉斌曾言，语言诗派的诗歌兼具可读性和文学性。仅此两大特性就足以让我下定决心译介琳恩·荷吉妮安。如何理解中外文化的交流？我以为让国内优秀的文化走出去和让国外的优秀文化走进来并行不悖，两者相辅相成、互相促进、相映成趣。

另外，需要说明的是本书作者姓名汉译，至今国内尚无定论，目前有林·何吉尼安、林·郝甄莲和何金莲三种译法。本人参考翻译传统，结合本书实际，经再三斟酌、权衡，以为琳恩·荷吉妮安较妥。

毋庸置疑，这本译作一路走来，得益于太多人的鼓励和帮助。

本人在此诚挚感谢作者琳恩·荷吉妮安和卫斯理大学出版社对我的信任；诚挚感谢河北师范大学李正栓教授在百忙之中为我这本拙译作序；诚挚感谢山东大学出版社王潇老师对我的耐心、理解和帮助；诚挚感谢张琪、修文兴、徐子贤等优秀学子对本书付出的心血；诚挚感谢我的爱人成祥军对我的关心、鼓励和支持；诚挚感谢我的审稿人以及其他为这本书的顺利出版默默奉献的朋友们！

当然，限于我自身的英语水平、审美和翻译能力以及文学素养、身份与文本等因素，译文难免存在错译、误译、漏译之处。在此我郑重说明，一切翻译方面的不当之处概由本人负责，恳请读者和专家不吝批评指正。

希望这本译作能抛砖引玉，也希望国内有缘的读者能借此译本一窥美国后现代语言诗。

代奎华

2019 年 12 月 8 日

于泰山脚下